そのカープの「神ってた」場面の一つひとつを思い起こしてみよう。現実起きた話なのに、どこか遠い昔の、そう、淡く紗のかかったような…。

同年9月10日。

「できれば、僕のところに飛んできてほしくない」

田中広輔の言葉が、本当だったのかどうかは分からない。

あの日のあのシーンは夢だったのか。幻だったのか。ともかく日本のプロ野球史に、また新たな1ページが刻み込まれた。

東京ドームでの巨人対カープの1戦。球場の半分近くが赤いユニフォームの人たちで埋まっていた。

9回ウラ。時計の針は、午後9時42分を指していた。巨人の2番打者・亀井善行の放ったハーフライナーが、遊撃手・田中の正面に飛んだ。打球は、田中のグラブの50センチ手前でワンバウンドした。

田中は拝むようにして、この打球を捕った。そして一塁手・新井貴浩へ送球した。喜び勇んだ新井は、この緩い送球を、体を伸ばすようにして愛用のファーストミットに収めた。

この瞬間、広島東洋カープが、夢ではなく、現実にセントラル・リーグの優勝を決めた。1992年の優勝から、数えて25年ぶりのことだった。

25年という歳月は、歴史の一区切り（四半世紀）でもある。正直に言って、あまりに長い時間のせいで、そこには、ある種の歴史の一コマを見るような感覚さえ残った。

そのせいだと思われる。筆者の古い友人（認知症ではない）のなかには、現に、優勝が近づいていた2016年のカープ優勝を、まだ夢ではないかと疑っている人もいる。

2016年のカープ優勝が近づいていたある日のこと。筆者が出演していたラジオ番組で、MCアナがこう振ってきた。

「先生、ちょっと頬をつねってみましょう。カープは本当に優勝するんですよね」
目の前に起きていることは、夢なのか真なのか。広島では、あの瞬間、夢と現実の境目が分かりにくくなっていた。

「事実は小説より奇なり」という。

現実に起きることは、あまたの小説よりも奇怪なことが多い、という意味である。確かに、いま民放テレビのワイドショーなどで報じられるニュースのなかには、小説でも書けないようなものがある。

念入りに創られたテレビドラマみたいな事件によって、前途ある若い女性が尊い命を落としてしまう。

見識ある人々にとっては、まるで考えも及ばない「振り込め詐欺」によって、見たことのないような大金が、いとも簡単に他人の口座に振り込まれてしまう。

いったいニッポンという国は、いつから、そういうファジーな国になったのだろうか。日本中いつどこにいても、どこかシャキッとしないものを感じる。

一方で、その逆の言い方も成り立つ。「小説は奇なるよりも、現実的なり」。優れた作り話というのは、どこか生々しく、生きていくうえで役に立つことが多い。

いま、そういう仮想の世界と現実の世界が一体となって、善良な人たちを惑わせている。

ありそうでないこと。なさそうであること。現代社会というのは、仮想と現実の糸が、タテとヨコに複雑に絡み合う二重社会なのである。

2016年には、スマートフォン向けゲーム「ポケモンGO」が発売された。そして我が愛する日本人の多くが、スマホ画面を見ながら下を向いて歩くようになった。

もはや大衆としての人間は、理性的な思考を行う「ホモサピエンス」とは言い難く、IT機器に左右される「ゲームサピエンス」になったのである。

世の皆さん、ご苦労さん。と言うか、なんだか空恐ろしくもあり、反面、ちょっと覗いてみたい好奇心もある。

もし許されるなら、いま少し生き永らえて、これから起きる人類の奇々怪々な出来事を、勇気を持って見届けたいと思う。

日本のプロ野球界では、カープというチームに「神ってる」男が現れた。その男の名前は、言わずと知れた、鈴木誠也である。

当時まだ21歳の若さだったのに、ヒマを持て余す世の神さまたちが、その姿を見て思わず味方してくれたのだと思う。

そこで、つらつら思う。果たして、読者の皆さんは「神ってる」と言われる、その神の存在を信じているだろうか。

実のところ、神を信じるか、信じないかによって、世のストーリーはノンフィクションにもなるし、フィクションにもなる。

２０１７年１月。日本出身力士として19年ぶりに横綱に昇進した稀勢の里は、中学時代まで野球部に所属し、プロ野球選手を目指していた。ところが中学2年生のとき。たまたま父親と訪れた鳴門部屋で親方に見初められて角界に入ることになった。

エースで4番だった野球少年が横綱に…。自らの思いとかけ離れて進んでいく人生の流れを考えてみると、まるでフィクションみたいな話である。

これから書くのは、野球フィクションである。平たく言えば、野球を愛する人たちのための「神ってる話」である。

もちろんフィクションだから、ストーリーのなかに登場してくる人物は、基本的に実在しない。

読者が勝手に想像するのは自由だが、実際に、想像される人物が行動し、発言したものではないことを、まず心のどこかに留めておいて頂きたい。

では、そのストーリーのなかに、人間としての真実はないのか…ということになると、全くそうではない。人間というのは、比較的、フィクションのなかからそれに近いものを学ぶことが多い。

子どもの頃によく聞かされた「シンデレラ物語」や「西遊記」などは、いまでも実話だと信じている人が多い。

いや本当のところ、それが実話なのか、作り話なのかということについては、もうどちらでもよいことなのである。

大切なのは、その物語のなかに隠された人間としての教えであり、真実である。

私たちは日夜、仮想と現実の境目あたりに存在する、分かりにくい情報に一喜一憂しながら生きている。

特にスポーツの世界というのは、元来、人の心を潤すためのファンタジーであり、幻想の世界の果実だと言ってもよい。

スポーツの神さまは、いつも人間に、忘れかけていたものを届けてくれる。

２０１６年のファンタジー。神さま、本当にカープの優勝をありがとう！

さあ、ページを１枚めくれば、もうフィクションの世界である。七色の神さまたちが、思いのままに、この世をドラマチックに彩ってくれる。

老いも若きも、男も女も、カープファンもそうでない人も、それぞれの立場を忘れ、空想の世界のトビラを開いてみてほしい。

そう、できれば、ほんの少しのロマンを持って…。

プロローグ

目次

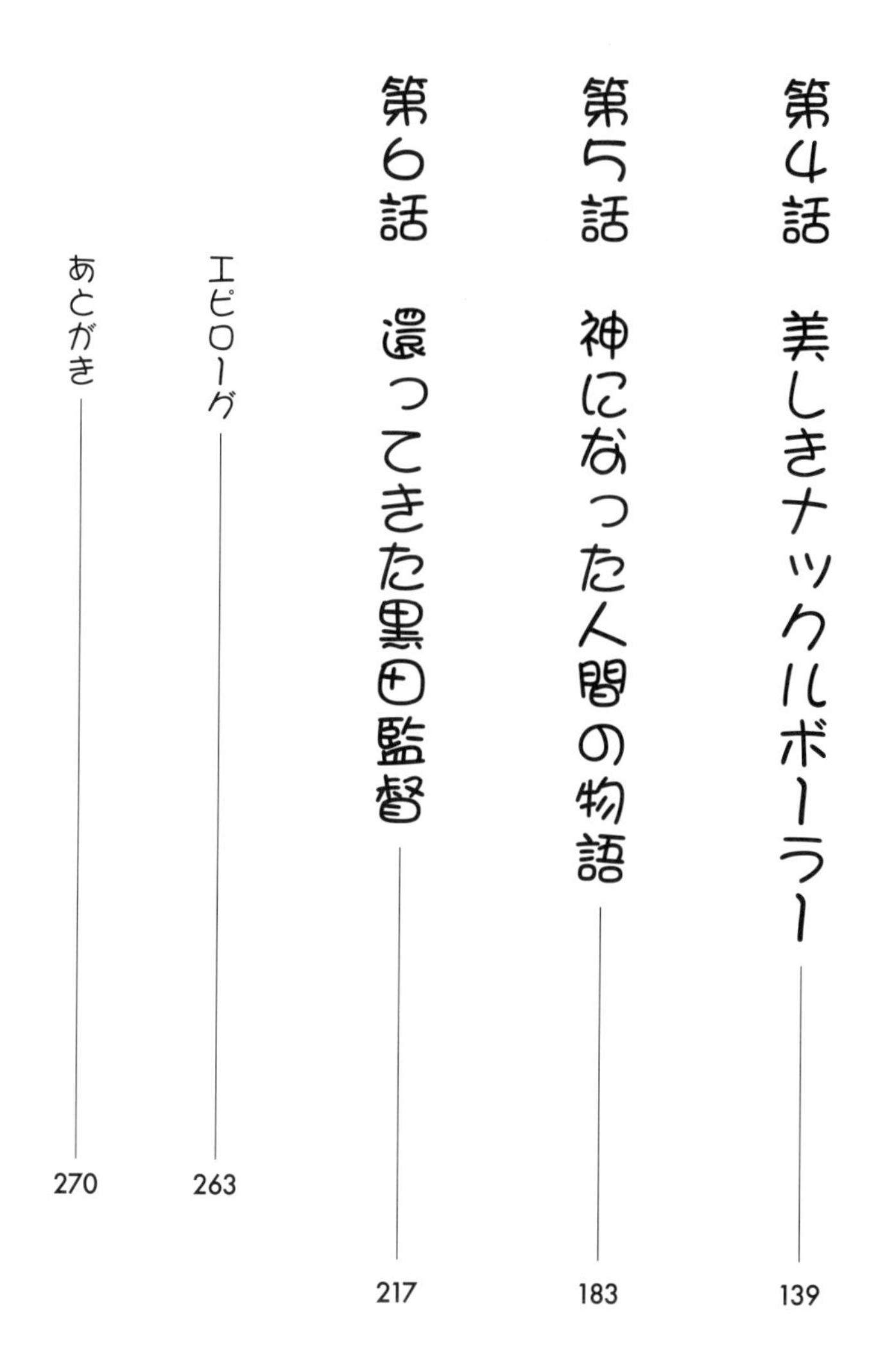

第1話

神々の作戦会議

神無月（10月）。それは、全国の津々浦々の神さまが、日本国の創造主として神話に出てくる大国主命を祭る出雲大社に集結する月である。

そのため、全国に8〜10万もあると言われている神宮、大社、神社などから「神さまが不在になる」ことを指し、「神の無い月」として名付けられた。

10月と言えば、日本のプロ野球ペナントレースが幕を閉じ、優勝を逃したチームの選手たちが、反省の弁に思いをめぐらすときである。

一方で、出雲に集まった神さまたちは、あれこれと忙しくなる。出雲大社で、真面目に会議に臨む神。その会議のなかでは、社会で起きるちょっと厄介な問題に、プロフェッショナルな神たちによるプロジェクトチームが結成された。

もちろん人間社会がそうであるように、神の社会にもいろいろな神さまがいる。なかでも多いのが、こっそりと出雲大社を抜け出し、直線にしてわずか25キロのところにある玉造温泉の旅館に骨休めに向かう神さまたちである。

その証拠に、10月の玉造温泉は、旅館の予約が取りにくい。

もちろん大半の神さまは、日本の将来について、日夜、智恵を絞り、真面目な議論を重ねている。

ここに、あまたの神さまたちのなかで、特に野球好きの神さまたちを集めた「神さまプロ野球会議」の議事録のようなものがある。

ドラフト会議でどの選手を指名するのか迷ったとき。リリーフを誰にするのか。いつ代打を出すのか。強打かバントか。こんなときは神さまたちの出番である。

プロ野球史を振り返ってみると、あのときのあの選手。あのプレー。あの試合の流れ。みんな神さまたちの仕業だったのである。

いや、そう考えないと、本当の世の中は見えてこない。

☆

その頃すでに、カープが〝優勝〟の二文字から遠ざかって22年という歳月が流れていた。

日本を元気にするためには、そろそろ地方球団のカープに優勝が必要なのではないか。神々の間に、そういう空気が流れはじめていた。

そんななか、特にカープ通で知られている5柱の神さまが、玉造温泉の老舗旅館「まがたま」の一室に集まった。

ここで断っておくが、神さまの数え方は、「1柱、2柱…」ということになる。

まず「一の神」が手を挙げた。貧打のカープ。どうしても、群を抜くような若手の打者が必要ではないか。

「どこかに名前の知られていない有能な選手はいないものだろうか」

この「一の神」の思し召しは、やがて日の目を見ることになる。

２０１２年12月13日。広島市内のホテルで、カープ新入団選手７人の発表会見が行われていた。その席上に１人だけ、まだ出身高校の制服を着た選手がいた。

その選手はこう言った。

「目標はカープの野村謙二郎さんです。トリプルスリーを達成したいと思います」

ルーキーなのにトリプルスリーを口にするはチト早すぎる。しかしその心意気が、神さまたちに良い印象を与えた。その新人選手の名前は、同年のドラフト２位でカープに入団した鈴木誠也だった。

たまたま「一の神」と思いが合致したカープは、二松学舎大附属高で、４番でエースだった若者に目を付けた。

彼は１５０キロ近いストレートを投げる右の本格派投手として、プロのスカウトから注目を集めていた。しかし「一の神」のお目にかなったのは、投げる方ではなく、高校通算43本塁打をかっ飛ばしていた打力の方だった。

結局、彼は甲子園に出場できなかった。にもかかわらず、カープから2位指名を受けた。

鈴木は言った。

「下位指名だと思っていましたので、頭のなかが真っ白になりました」

球団が用意した背番号は「51」。これはかつて江藤智、前田智徳が入団時に付けていた番号である。

球団の構想は、彼を内野手として育て上げることだった。つまりポスト・梵英心だったのである。

彼は当時、雑誌のインタビューでこう答えている。

「僕と同じくプロに入ってから野手に転向した堂林（翔太）さんを目標にして、将来は一緒に三遊間を守りたいと思っています」

彼のプロ野球人生は、こうして静かにスタートを切った。それは、カープの

25年ぶりの優勝から遡ること、４年前のことだった。

ともかく「一の神」は、将来のことを見越して、先々に手を打つことを得意にしている神さまである。

「一の神」は、こう言った。

「香木は、発芽のときから香気を放つ。大成する子は、子どものときからそういう雰囲気を持っている」

☆

「一の神」は、しっかりとした覚悟と忍耐力を持っていた。

「カープの鈴木が、プロ野球界を引っ張るようになるまでには、４年くらいの歳月が必要になるだろう」

４年という時間は、２０１５年にヤクルトを優勝に導いた山田哲人のときと同じである。

またこの際、鈴木誠也の力だけで、カープを優勝させるのは難しいのではないか。そこでアイデアを出して動いたのが「二の神」だった。

「二の神」は、田中広輔、菊池涼介、丸佳浩の同級生トリオに目を付けた。

「ただ3人を並べるだけでは芸がない。ここに3人が刺激し合えるような特別な装置が必要であろう。3人にはお互いがメンタルに刺激し合えるような精度の高い〝ライバル刺激装置〟を取り付けておこう」

神さまの技術開発は、もうここまで進んでいる。1人ひとりの力は知れているが、これを3人並べると、すごい力になる。

ただこういう力の出し方は、広島ではすでに先人がいた。戦国時代の武将・毛利元就は、もう500年近く前に「3本の矢」の教えを説いていた。

ともかくこの3人は、3者3様の生い立ちを持っているところが強い。

田中広輔は、決してエリートコースを歩んできたわけではない。東海大のときにはプロから声がかからず、ようやく社会人（ＪＲ東日本）になってからドラフト３位でカープに指名された。

菊池涼介の場合も、これと大差がない。彼は、全国的にはマイナーな岐阜学生リーグの中京学院大でプレーしていた。他球団が育成枠での獲得を検討していたが、カープは彼をドラフト２位で指名した。

丸佳浩もまた、高校（千葉経大付属）時代は無名の選手だった。ドラフト３位でカープに入団したが、すぐに１軍で使えるような選手ではなかった。彼がようやく１軍レギュラーに定着したのは、入団６年目の２０１３年のことだった。

「二の神」は、こう考えた。

「それぞれ足りないところがある。しかし、ともかくこの３人を並べておけば、あの〝ライバル刺激装置〟が機能して、思わぬ力を発揮することになるだろう」

このときすでに「二の神」は、3人を呼ぶときの言い回しを心のなかで決めていた。それは「タナ・キク・マル」だった。

そもそも「二の神」は、個人の力よりも集団の力を重視するタイプの神さまである。広島出身の「Ｐｅｒｆｕｍｅ」の大ファンでもある。いま人間グループによる奇抜なパフォーマンスに心酔している。

スポーツというのは、人と人との繋がりを見る方が面白い。そのため「二の神」は、ボクシングや陸上のように、個人で争うスポーツには、あまり関心を示さない。

「二の神」は言う。

「人間はミスを犯す動物である。周りにそれをカバーしてくれる人がいるかどうかで、結果が大きく変わってくる」

☆

玉石混淆神さまにも、いろいろなタイプがいる。

日本の神さまなのに、英語が堪能。「三の神」は、国際派の神さまとして知られていた。

自由なアメリカの雰囲気が大好き。しかしトランプ大統領の勝手気ままなハッタリ発言は大嫌い。つまり神さまの知的リベラル派なのである。

「三の神」は、こう考えた。

「毎年のように、外国人の成績に一喜一憂し、選手を入れ替えるのはチームの士気に影響する。地味でもいい。安定した成績を残せる外国人はいないものだろうか」

その「三の神」の目の先にいたのは、クリス・ジョンソンという投手だった。身長１９３センチ、体重93キロ。彼は、火の出るような速球を投げるわけではない。大リーグで投げた経験もない。

しかしこの投手には、日本人的なメンタリティがあった。

「三の神」の見方はこうである。

「彼の祖母は日本人である。そのため考え方が日本的であり、日本野球への理解も適応も早いだろう」

彼は、入団初年度で早くもセ・リーグ最優秀防御率（1・85）のタイトルを獲得した。

そして、雑誌インタビューでこう応えた。

「私の登板では、ずっと石原がマスクを被っている。彼とは相性が良く〝同じページの上にいる〟という感覚があった」

そもそも捕手との相性を口にすること自体が、他者と共に闘う日本野球をよく知っている証である。

尊敬していた黒田博樹についてもこう語る。

「黒田さんの存在はとても大きなものでした。彼のオーラを感じてマウンドに上がれば、今日も勝てるのではないかと思えました」

彼の得点を与えまいとする気の配り方は、カープ投手陣のなかでは群を抜いている。たとえ打たれたときでも、スタンドから大きなジョンソン・コールが起きる。

彼は言う。

「世界中どこへ行っても、こんなに素晴らしいファンはいない」

このため2年目のシーズンがはじまった直後、カープ球団は、前代未聞の行動に出た。

「ジョンソンと3年契約。年俸総額は15億円」

こうしてみると、「三の神」の思し召しもたいしたものだった。

２０１６年シーズン。ジョンソンは、外国人投手として史上2人目となる沢村賞を獲得した。

このニュースに「三の神」が声を挙げた。

「オー・マイ・ゴッド！」

「三の神」は、一瞬、自分が神であることを忘れていた。

☆

「四の神」は、世にさまざまな物語を創造する神である。

人間の心意気が大好きで、時々こっそりと寄席などに人情話を聴きに行く。

そのため神さまの北島三郎とも呼ばれている。

「四の神」は考えた。カープを優勝させるためには、どこかにフツーでない物語を仕込んでおく必要がある。

これまで熟考を重ねていた「四の神」が、こう提案した。

「2007年にエースの黒田と4番の新井を同時に移籍させたのですが、今度は、この2人を一緒に復帰させるというのはいかがでしょうか？」

このアイデアに、多くの神たちがア然とした。

「それは人間社会の常識にないこと。少しやりすぎなのではないか」

しかし一途な「四の神」は、これを強行することを決心した。

こういうことは、人間社会では、組織の秩序を乱すため「クビになる」可能性が高い。しかし神の世界では、比較的に自由な行動が許される。

「黒田はアメリカに行く前から、最後の１球をカープで投げたいと言っていた。新井は本当のところカープを出たくなかったのに、出て行った。この２人のエネルギーを結集するのが手っ取り早い」

冒険心に欠ける真面目な神々の反対はあったが、ともかくこの案は日の目を見ることになった。

しかし、神々の間で、この仕掛けに関する「四の神」の評価は、２０１５年のカープの動向を見てからということになった。

どこの世界でも、結果次第というところがある。人間社会では「勝てば官軍負ければ賊軍」という言葉がある。

その2人が復帰した2015年シーズン。

黒田は、米大リーグ時代を含め6年連続で2ケタ勝利（11勝）を挙げた。防御率2・55もセ・リーグ第7位の成績だった。

一方の新井は、125試合に出場し、打率2割7分5厘、7本塁打、57打点。全体的に不振だったカープ打線のなかでは、上位の成績を残した。

2人は、とりあえず予想された以上の成績を残した。

しかしチームの成績は4位。シーズン前に優勝候補として騒がれたにもかかわらず、CS進出さえできなかったのである。

このシーズンは、関東の神さまの大御所である明治神宮のご加護を受けたヤクルトスワローズが、セ・リーグを制した。

考えてみると、厚かましくも「神宮」と名のついた球場を本拠地にして野球をやっているのは、12球団のなかでヤクルトだけである。

あの自信たっぷりの「四の神」の頬はやせ細り、これまで0キロだった体重がマイナス3キロまで落ちた。つまり重りがなければ、宙に浮いてしまう状態である。たとえ有能な神さまであっても、いつも思い通りに進むとは限らない。同年10月の出雲大社では、カープの「四の神」の肩身は狭く、居場所さえなかったと伝えられた。

しかし辛抱強い「四の神」は、心のなかでこうつぶやいた。

「もう1年待ってみよう。それでもダメなら始末書を書こう」

☆

「五の神」は、世を動かすリーダーを養成することを仕事にしている。

その性格は、小泉純一郎を愛し、安倍晋三を好みとしない神さまの保守リベラルのようなタイプである。

三村敏之、達川光男、山本浩二、マーティ・ブラウン、野村謙二郎…。ここ25年間。カープ歴代の監督は、みな選手としてスーパーな人たちだった。ところが「五の神」の見方では、これが災いした。みな真面目すぎたのである。

「誰か、監督に不向きな人材はいないものだろうか。カープを再生させるためには、その方が近道になる」

ここに神と人間の違いがある。困ったときには、人間社会と全く異なる発想の方が、成功する確率が高くなるのだ。

人間の世界では、これを〝逆転の発想〟と呼んでいるが、神の世界では、ごくフツーのことである。

そこで白羽の矢が立ったのが、緒方孝市だった。

彼は1987年に佐賀・鳥栖高からドラフト3位で内野手としてカープに入団した。正田耕三らと二遊間ポジションを争ったが、入団後の8年間、彼に定位置が与えられることはなかった。

彼が才能を開花させたのは、その後、外野にコンバートされてからのことである。彼は、外野の定位置を掴んだ１９９５年から３年連続で盗塁王、５年連続でゴールデングラブ賞を獲得している。

その後、彼は常にケガを恐れぬ全力プレーでナインを鼓舞した。そしてクリーンアップ（特に３番）を打つようになった。

２００２年から05年にかけては、４年連続で20本以上の本塁打を放ち、３回も打率３割以上をマークしている。そして引退する前には、代打の切り札として活躍した。

彼は２００９年に、球団生え抜きでは７人目となる１５００安打を達成し、それを花道にして現役を退いた。

しかし「五の神」の思惑も、最初はうまくいかなかった。

２０１５年10月7日。カープが中日との最終戦に破れたあと、マツダスタジアムに怒号が飛び交った。その多くが、緒方監督の背番号「79」に向けられていた。

カープは十分な戦力を持ちながら、このシーズンのCS進出を逃したからである。しかも、そのことに関する監督の釈明の言葉はいっさいなかった。

彼の監督としての適性を考えるとき、妻かな子さん（タレント）の話が参考になる。

「主人は選手のころから無口で、家庭では野球の話をほとんどしませんでした。きっと選手の皆さんにも〝言わなくても察しろ〟という態度だったのではないかと思います」

しかし「五の神」の洞察もたいしたもので、この状況にすぐ手を打った。

再び、妻かな子さんの話である。

「2年目は、それではいけないと思い、意図的に子どもたちと一緒に〝人との接し方〟について話をするようにしました」

妻かな子さんによると、その後、彼の姿勢がかなり変わってきたという。

ある日のこと。一緒に遊んでいた子どもたちが、耳慣れない言葉を発した。

「パパ、神ってる」

この言葉が、のちに日本中を駆け巡ることになるなんて、まだ「五の神」でも知り得なかった。

その後、彼は自ら進んで選手たちとコミュニケーションをとるようになった。さらにコーチを信頼し、常に彼らの言葉に耳を傾けた。

緒方孝市は、監督に不向きな性格を巧みに活用し、やがて偉大な監督の領域に近づいていくことになる。

頼もしきは、妻…ではなく、「五の神」の力である。

☆

2016年のシーズン前。

「一の神」から「五の神」まで5柱の神さまたちが、頭に赤いハチマキを巻いてあの玉造温泉で臨時の会議を開いた。

部屋の前に掲げられた看板に書かれた会議の名称は、「そろそろカープを優勝させる会」だった。

5柱の神さまたちの仕事や手配に、何か抜かりはないか。お互いに、真剣に確認し合った。そして全員一致でこう結論づけた。

「今年は間違いない！」

ただ俗世には、プロ野球評論家なる厄介な人物が大勢いる。その誰もが、ヤクルト説、巨人説を唱えていた。

ようやく2人ほどカープ優勝を予想する評論家を見つけた。それは毎年オウムのようにカープ優勝説を唱えている安仁屋宗八と達川光男だった。

ただ、この2人の予想が当たる確率は、過去25年間で０％だった。

しかしこの年のカープには、明らかに、いつもの年とは違う空気が流れていた。

その象徴になった試合が、6月17、18日のオリックス戦（マツダスタジアム）だった。いずれもその最終回。4年目でまだ21歳だった鈴木誠也が、２試合続けてサヨナラ本塁打を放った。

そのとき「一の神」が、こう叫んだ。

「よし！　ようやく自分（神）の意思が乗り移ったぞ！」

この状況を見て、「一の神」が、人知れず祝杯を挙げたことは言うまでもない。

彼の活躍を受けて、緒方監督が記者団にこう語った。

「彼は神ってる」

あの子どもたちから授かった言葉が、たちまち流行語になった。

「一の神」はこう思った。

「ひょっとしたら、監督は自分たち（神々）の存在を知っていたのではないか。そうでなければ〝神〟という言葉が出てくるはずがない」

実は、このとき思いがけなく俗世に広がっていった「神ってる」という言葉のなかに、カープの強さの秘密があった。

振り返ってみれば、1975年の初優勝のときも、カープは神ってた。早い話、そういう神っているチームが、毎シーズン優勝するだけの話である。

そのウラを返せば、神の思し召しを受けないチームが優勝することは、ありえない。

もちろん、神さまの仕掛けが的中したのは、鈴木誠也だけではなかった。

〝ここぞ〟という場面で、鬼気迫る表情でタイムリーを放ち続けた新井貴浩。これは「四の神」の仕事だった。

そしてまるで絵に描いたようだった田中、菊池、丸の連打。これは「二の神」の仕事だった。この3人がようやく、カープファンの間で「タナ・キク・マル」と呼ばれるようになった。

一方の投手陣。「三の神」の仕事も当たった。最も安定感があったのは、あのジョンソンだった。さらに、これに刺激を受けた野村祐輔が、ジョンソンを抑えて、シーズン最多勝利（16勝）のタイトルを獲得した。

そして、ファンをハラハラさせながら這い上がってきた大瀬良大地。守護神となってヒゲを蓄えた中﨑翔太。誰もが役割を果たした。そしてチームを活気づけた。

1人の神がかった選手を中心にして、周囲が盛り上がる。これもまた「三の神」のなせる波及効果だった。

☆

このシーズンの流れを決定的にした試合は、8月7日の巨人戦（マツダスタジアム）だった。まさしく神ってる試合になった。

そこまで初の4連敗を喫していたカープは、2位巨人に4・5ゲーム差に迫られていた。この試合に負けると5連敗。しかも巨人に3・5ゲーム差に詰め寄られる。

9回表まで6対7で巨人がリードしていた。このとき神の力もそこまでかと思われた。しかしそのウラ。2死から菊池涼介がソロホームランを放って同点に追いついた。

さらに2死一塁。ここで新井貴浩が、起死回生の決勝二塁打を放ち、カープが8対7で逆転サヨナラ勝ちを収めた。

これらは危機を感じた「二の神」と「四の神」の連携作戦だった。言ってみれば、玉造温泉会議の成果だったのである。

この試合でカープは完全に息を吹き返した。その後、他球団の追従を諦めさせた幾多の逆転勝利。カープは、試合の戦い方でも「神ってた」のである。

2016年9月10日。巨人戦（東京ドーム）。午後9時42分。5柱の神さまは、祈るような気持ちでこのシーンを見つめていた。

この試合の最後の打球が、ショート田中広輔の前に飛んだ。これを拝むようにして捕った田中が、一塁へ送球。そのウイニングボールが新井貴浩のミットに収まった。

このとき全国300万人とも言われるカープファンが歓喜した。正確に書けば、300万人＋5柱の神さまが歓喜した。

考えてみると、俗世において、こういう空気を作るために、神さまのサポートが必要なのである。そのために、神さまたちは人間の力を借りて、全国の津々浦々に神社を設置している。

その際、特別に由緒ある大きな神社である必要はない。例えば、マツダスタジアムの北西500メートルのところに「愛宕神社」という小さな神社がある。5柱の神さまたちも時々、カープ観戦に訪れたときなどに、そこを宿舎として活用している。そのせいもあってか、このところ急にカープファンの参拝者が増えた。

あたりにはカープの応援のぼりが旗めき、試合のある日には、赤いユニフォームを着た若い人であふれ返る。

神社の境内では、カープの勝利の節目に、振る舞い酒が提供され、紅白のお餅が配られることもある。

ともかくプロ野球12球団のなかで、ファンと神さまが一緒になって戦っているゲームは、カープだけなのである。

☆

その後、神ってるカープは、CSファイナルステージで巨人を破って勝ち上がってきたＤｅＮＡと対戦した。

そしてＤｅＮＡの勢いを完全に抑え、3勝（1アドバンテージ）1敗で日本シリーズに進出した。日本シリーズは、最大11・5ゲーム差あったソフトバンクを逆転して勝ち上がってきた日ハムとの対戦になった。

日ハムには、二刀流の大谷翔平や日本を代表する4番・中田翔らがいる。もちろん日ハム側には、札幌市の北海道神宮がついている。さらに小樽市の龍宮神社の神さまたちも応援に駆けつけた。

一方のカープでは、黒田博樹の現役ラスト登板や「神の子」鈴木誠也の打撃に注目が集まった。メディアによると、近年にない面白い組み合わせだということだった。

その第1、2戦（マツダスタジアム）。いずれも5対1でカープが快勝。完全に流れを掴んだ…かに見えた。

しかし日本シリーズで、その流れをずっと維持するのは大変難しい。神さまの持続力も、大体3試合くらいが限度なのである。

第3戦（札幌ドーム）の8回ウラ。その潮目がガラリと変わった。

試合は2対1でカープがリードしていた。しかし2死一、二塁の場面で、中田翔の当たりを左翼手・松山竜平が、思い切り突っ込んで後逸した。

これで日ハムが2対3で逆転した。中田の当たりは二塁打と記録されたが、このプレーによって完全に流れが変わった。

それ以降、カープの抑え投手陣が、日ハム打線の勢いを止めることができなくなった。神さまが作った流れというのは、ほんに恐ろしいものである。

このとき、札幌市の円山公園内に威風堂々と佇む北海道神宮の「北の神」が、西方の広島に負けてなるものかと奮起したものと考えられる。もちろんその応援に回った龍宮神社（小樽市）の神さまも、声をからした。

カープは、札幌でまさかの３連敗を喫して王手をかけられた。それでも広島に帰れば…という期待感も十分にあった。

その第６戦（マツダスタジアム）。日ハムの重なるミスで４対４になったとき、再びカープに流れが…という雰囲気が出てきた。

このとき25年ぶりのリーグ優勝に続いて、ついでにカープを日本一に導こうとする５柱の神さまと、これを阻止しようとする「北の神」との強烈な綱引きが、日本中の野球ファンを魅了することになった。

しかし８回。このシリーズ６度目の登板になったカープのジャクソンに、再び流れを引き戻すような余力は残っていなかった。

カープは、この回に６点を失って、ついに力尽きた。

このシリーズは、日ハムの詰め将棋のようなキメ細かいマネージメント（采配）に屈したように見えた。

しかし一つ見方を変えると、世の神さまたちは、どのチームにも等しく手を差し伸べるということである。

　勝負には負けたが、しかしカープの神さまたちは、決して悲観していなかった。

☆

　再び、玉造温泉の宴会場である。

　風呂上りの5柱の神さまたちが、鍋をつつきながらお酒を飲んでいた。もちろんただ飲んで騒ぐだけでは、神の役目は果たせない。

「一の神」が言った。

「2016年のセ・リーグは、カープの独走になってしまった。この点はいかがなものでしょうか」

「二の神」が言う。

「そこは反省点かもしれない。やっぱりヒヤヒヤしながら優勝するという方が面白い」

そこに「三の神」が口を挟む。

「それは、一の神が働きすぎたからではないか。鈴木誠也が本気になり、一気に大スターになってしまった」

さらに「四の神」の仕事について。

「黒田と新井をあそこまでドラマチックに働かせたのも、少しやりすぎだったように思う」

これに「四の神」が反論する。

「いやいや、あのくらいやらないと、日本社会はダメになってしまう。いまの世の中は、子どもたちがすぐに諦めてしまうし、大人たちにも夢がない…」

この説明に、他の4柱も頷いた。

「ところで緒方監督の采配は、どうだったでしょうか?」

これに「五の神」が答える。

「彼の性格を変えるのに苦労しましたよ。もし妻かな子さんの存在がなかったら…」

5柱の神さまたちの話は、深夜まで続いた。人間社会では、監督の采配とか戦い方を語り合うことをカープ談義と呼ぶ。

そして、ようやく一定の結論が得られた。

「2016年。5柱の神さまたちは、本当によくがんばった。しかしその一方で反省点もあった。それは〝少しやりすぎだった〟という点である。それにもう一つ。そこまでやるなら、ついでにカープを日本一にすべきだった」

同年10月末。出雲大社で神さまたちの総会が開かれた。

その年に活躍した神さまたちに表彰状とトロフィが贈られる。それはAKB総選挙みたいなもので、毎年、神々の注目の的になる。

この年の出来事のなかで「オバマ大統領の広島訪問」「小池百合子旋風」「豪栄道の全勝優勝」「ピコ太郎フィーバー」などが候補として取沙汰された。

考えてみると、これらはみな神さまたちの並々ならぬお力添えで成し遂げられたようなものである。

ただ驚いたことに、この年の大賞は「日ハムの日本一」ではなく、それをわずかな得票差でかわした「カープの25年ぶりのリーグ優勝」に決まった。

どうやら神々が羨ましく思う大谷翔平の二刀流よりも、「神の子」として可愛がられた鈴木誠也の方が、多くの神さまたちに好まれたようである。

鈴木誠也は、まだ完成に至らず、可愛い気もある。そこへいくと、大谷翔平は憎らしいほど完璧に近い。神さまにも、人間と同じような嫉妬心があるようである。

もちろん5柱の神さまたちには、それぞれ立派なトロフィが贈呈された。

5柱はその祝いのために、再び玉造温泉へ向かった。断っておくが、神さまたちから宿泊料を取ることはない。つまり、どこかの官庁のような、神民の癒着問題は発生しないのである。

この夜の議題は、ただ一つ。

「さて2017年シーズンはどうしますか?」

ある神さまが言った。

「このままカープの黄金時代にするのか、それとも2015年のヤクルトのように一息入れるのか、悩ましいところです」

別の神さまは言う。

「カープ黄金時代を創って、日本社会を落ち着かせる手もある。しかし一方で、セ・リーグに日ハムのようなチームを台頭させ、もっと賑やかにしていく手もある」

このあとも激しい議論が続いた。そして、やっと結論が出た。つまり2017年のペナントレースの行く先が、おおよそ決まったのである。

それによると、２０１７年のカープは…。

おっと、この議事録は公開することができない。これを公開するためには、神さまの総会で3分の2以上の承認を必要とするからである。

これから先の話は、まさに〝神のみぞ知る〟である。

第2話

夏川の21球

「神は偉大なる作者で、人間はただその演出者にすぎない」
～19世紀のフランスの小説家・バルザックの言葉より

しかし、である。読者は知っているだろうか。あの神さまだって、深く思い悩み、挙句の果てに判断が下せなくなるようなときがある。そうなると、コトの流れは、人間の方で勝手に決めてくれ、ということになる。

そのせいだったのかもしれない。イーグルスの今江敏明は、いまでもそのときのことを幻のように感じている。はっきりとした史実のはずなのに、どこか紗のかかったような…。

この年の広島東洋カープｖｓ東北楽天ゴールデンイーグルスの日本シリーズ。ほんの1年前の出来事なのに、今江は、あの試合のあの1球のことをまだ信じることができない。

この日本シリーズは、東京や大阪のファンから、あまり興味の湧かないローカル対決として揶揄されていた。しかしフタを開けてみると、目の前に予想をはるかに超える面白いドラマが展開していた。

両チームとも譲らず、２勝２敗になった頃から、全国のプロ野球ファンが節操もなく「カープだ」「イーグルスだ」と騒ぐようになった。

その要因の一つには、リーグ戦でもシリーズに入ってからも、本塁打を量産していたイーグルスの４番・ウォーラーらの猛打、それにカープの守護神・夏川豊の目の覚めるような投球があった。

しかし、第６戦まで３勝３敗で全くの五分。どっちが勝つのか、全国の職場では、法律で禁止されているにもかかわらず、小銭をかけたトトカルチョが横行するようになった。

その最終戦（Ｋｏｂｏパーク宮城）。９回表までカープが４対３でリード。このままいけば、４勝３敗でカープの勝ちとなり、36年ぶりの日本一が決まる。

一方で、２連覇を目指していたイーグルスは、地元で苦杯をなめることになる。もしそうなると、気の早いオーナーがいるイーグルスの桃田監督の続投は、もはや風前の灯し火となる。

☆

ここでちょっと歴史を紐解いておく。

長いカープ史のなかで、神さまが大きく関わって創り上げた傑作と言われる物語が三つある。

一つ目は、カープが初めて日本一になった1979年の日本シリーズ。その最終戦。9回無死満塁のピンチを切り抜けた「江夏の21球」である。

二つ目は、1991年に不治の病で倒れた〝炎のストッパー〟津田恒美の切ない野球人生を描いた「もう一度投げたかった」である。

そして三つ目は、大リーグの高額のオファーを蹴って、古巣カープに復帰し、チームを25年ぶりの優勝に導いた「黒田博樹　1球の重み」である。

これから展開するのは、その四つ目の物語ということになる。


あの今江が、幻のように感じたのもムリはなかった。

そう、1979年の日本シリーズ。あのときは広島東洋カープｖｓ近鉄バッファローズの対戦だった。

小雨の降りしきる大阪球場。9回ウラの絶体絶命（無死満塁）のピンチ。そのとき江夏豊が、1死を取ったあとの満塁の場面で打者・石渡茂に投じた「スクイズ外しの1球」は、その後、伝説になった。

そのときは、たった1球を堺にして流れが変わった。そしてカープが近鉄をかわし、初の日本一に輝いた。

あれは、果たして神さまのイタズラだったのだろうか。それとも人間・江夏の天性が創り出したドラマだったのだろうか。

そのとき近鉄打線を抑えた「江夏の21球」は、日本プロ野球史上最高のノンフィクション作品の一つになった。

もちろん偉大だったのは、それを書いた作家ではない。それを極限まで演じた選手たちの方だった。

この年の日本シリーズもまた、目の前に、そのときと同じような場面が展開することになった。

9回ウラ。1点を追うイーグルスの攻撃。

守るカープは、判で捺したように、これまで5連投していた守護神の夏川をマウンドに送った。

「これが終われば、ゆっくり休める」

夏川は、ほとんどなくなりかけていたエネルギーのすべてをこの回に投入すると覚悟を決めていた。

そして残る力を振り絞るようにして、そのシーズン最後のマウンドに向かった。そのとき赤く染まった3塁側スタンドから黄色い声援が飛んだ。

「ナッカワさーん、カッコいい！　がんばってー」

彼の心のなかに小さな灯りがともった。

「よし、あと3人抑えれば日本一だ」

日曜日の午後4時。気温は16度。その日は、どこか肌寒い晩秋の気配を感じさせた。澄んだ仙台の青空に、かすかな風が舞いはじめる。

この風が、日本のプロ野球史に新たな1ページを刻むことになることなど、まだ日本中のどこの神さまも知らなかった。

「これが今季の最後の打席になるだろう」

7番打者の金次が打席に向かう。彼は東北（岩手）出身である。

「カープに負けてなるものか」

彼は、夏川の初球を狙っていた。カウントをかせぐ緩いカーブが来るかもしれない。その彼の予感は的中した。

金次のバットが夏川の緩いカーブを芯で捉えた。打球は、センター丸佳彦の頭上を越え、ワンバウンドでフェンスを直撃した。

俊足の金次は三塁ベースまで到達し、塁上でガッツポーズを見せた。夏川はたった1球を投げただけで、一打同点のピンチを迎えた。

たった1球を投げただけ…ということを考えると、次に目にするシーンは信じられないものだった。

なんとタイムをかけた緒方孝一監督が、ゆっくりとマウンドに向かった。監督自らがマウンドに向かうことは、少なくともシーズン中にはなかった。

捕手と内野手全員がマウンドに集まる。ここで考えられる作戦の選択肢は、いくつかある。

冷静に考えれば、ここは日本シリーズ第7戦の最終回。あとのことを考える必要はないのである。

次打者は、岡島武朗。シュアな打撃の持ち主である。ここは同点覚悟で真っ向からの力勝負。もちろんスクイズを警戒しながら…。それがフツーの考え方であり、正攻法というものである。

しかし、緒方監督の頭のなかには、あの「江夏の21球」があった。あのときカープベンチは、後続の2人を敬遠で歩かせ、満塁策に出た。当時の古葉監督は、積極的な守りの作戦に出たのである。

それは2点以上を与えるリスクを犯して、逆に1点も与えない作戦だった。さらに、もしここで1点を与えたとしても4対4。まだ延長戦がある。

なぜ無死満塁から点が入りにくいのか。攻撃する側からすると、選択肢が多すぎて迷いが生じる。守りの側からすると、気持ちが集中し、物理的にアウトを取りやすい。

まだその頃に少年だった緒方監督は、その後、世間で話題を集めたこのメンタル作戦をバイブルのように考えていた。

マウンド付近で長い協議が続いた。すぐ後ろに立っていた主審が時計を指差し、注意を促す。そしてようやくその輪がとけた。

このとき一番大切だったのは、投げる夏川自身が、納得するかどうかだった。もしそれがなければ、この作戦は成立しない。

試合再開。次の瞬間、場内が騒然となった。もちろんテレビを観ていた全国のプロ野球ファンも目を丸くした。

目の前に、あの誇り高き夏川が、8番打者の岡島武朗と9番打者（DH）のマクガイヤを連続して敬遠するシーンが展開していたからである。

こうして日本シリーズ史上2回目となる最終戦の最終回ウラ、無死満塁という劇画でも描けないような場面が作り上げられた。

これまでのんびりと日本シリーズを楽しんでいた「勝利の女神」が、少し慌てた様子でこうつぶやいた。

「人間って、ややこしい判断をさせるわね」

☆

夏川豊（36歳）。大阪府出身。左投げ左打ち。プロ18年目。その年齢からして、もう残りのプロ野球人生は、あまり長くないと見られていた。

彼は1999年にドラフト1位で阪神に入団し、15年間で148勝を挙げてエースと呼ばれるようになった。ところが3年前に左肩を故障し、1年間を棒に振った。

その後、リハビリによって再起を期したが、完全復活はかなわず、ついに阪神を退団することになった。

その後、この種の選手を再生させるのを得意としているカープが、彼に声をかけた。そして低年俸（2500万円）で、その前年にカープと契約を交わした。

彼の当初の役割は、ストッパーの控えだった。しかし人々の予想をはるかに超える活躍を見せて、このシーズン途中から〝抑えの切り札〟に格上げになっていた。

まだ145キロ前後のストレートが投げられる。さらにスライダー、フォークボール、ツーシームなど、多彩な球種を投げ分けた。


無死満塁。両チームが、細かく動きはじめた。

「最後の1球まで、夏川に賭ける」

緒方監督は、連投の疲れを十分に知りながら、ストッパー夏川の意地とプライドにすべてを賭けた。

投手コーチがブルペンに電話を入れた。

「ブルペンは動くな！」

この指示に従って、ブルペン投手たちは、全員、ウォーミングアップを止めてモニター画面の前に集まった。

ここで改めて書いておく。これは、１９７９年のあのときブルペンの様子を察知した江夏が、動揺したシーンを教訓にしたものである。

ベンチやブルペンは、投げている投手を信頼すること。あれ以来、それがカープというチームの伝統になっていた。

すべてを託された夏川は、果たしてこのカープの絶体絶命のピンチを切り抜けることができるのだろうか。

彼が登板してからの投球数は、まだ9球だった。彼は、打席にイーグルスの強力打線の1、2番を迎えることになった。

まず1番の島内弘明（左打ち）。彼はバットを短く持って、打席に入った。夏川にとって、このとき最も警戒すべきは、カウントを悪くしてのスクイズだった。

カープ内野陣は、バックホームに備えて前進守備を敷いた。イーグルスの桃田監督の頭のなかにも、高校時代に見た江夏のスクイズ外しの場面がくっきりと残っていた。

この劇的な場面で、小細工はないだろう。夏川はそう思った。1球目は、外角高めに入ってくるストレート。2球目は、そこから外に曲がるスライダー。たちまち2ストライクになった。

「ヤバイ！」

そう思った島内は、バットをもう一握り短く持ち直した。この際、バットに当てれば、何かが起きる…かもしれない。

一方の夏川は、もうムダ球はいらないと思った。バットに当てられれば、以降の流れは、野球の神さまが決めてくれるだけの話である。

夏川の3球目が、真ん中付近に入ってきた。島内は「来た！」と思った。しかしその分、肩に力が入った。

その球は、投球プレートからホームベースまで（18・44ｍ）の70％くらいを通過したあたりから、急降下をはじめた。つまり、かなり鋭いフォークボールだったのである。

次の瞬間。まるでスローモーションを見ているように、島内のバットが、ホームベース上でワンバウンドする白球の3センチ上あたりの空を切った。

空振り三振である。一瞬遅れて、三塁側スタンドから大歓声が上がった。これで1死満塁になった。

続く2番の茂木栄一郎。彼も左の巧打者で、逆方向へ強い打球が打てる。夏川は、ひとつ大きなタメ息をついた。

Ｋｏｂｏパーク宮城の80％近くを占めていたイーグルスファンは、最低でも同点、できれば逆転というシナリオを描いていた。

しかしその直後、歓声は再び三塁側の方から挙がることになった。同じ左打者。まるでビデオを見ているようだった。なんとバットに当てることの上手い茂木が、3球三振に倒れた。

この場に及んで、形勢が一気に逆転した。カープベンチにいた全員が、緒方監督の胴上げに備え、グラウンドに片足をかけた。そして全国のテレビの前のカープファンが、その食卓に祝い酒の準備をはじめた。

日曜日の夕刻。天下分け目のドラマが、全国のプロ野球ファンをテレビの前に釘付けにした。しかしまだ勝利の女神は、どちらに微笑むのか分からない。

「果たして勝利の女神は、どちらに微笑むのでしょうか？」

テレビ中継の実況アナが、この使い古された言葉を、これでもかと絶叫する。

そもそも「勝利の女神」というのは、勝負事の勝ち負けを司る女性の神さまである。冷静で思慮深く、鋭い決断力を持っているのが特徴である。

しかし一方で、あまりに担当領域が広いので、当事者1人ひとりの過去の経緯をあまり知らないことがある。なのに、瞬時での判断が求められる。

その頃の夏川は、少々お腹の出っ張りが目立つようになり、若い女神の注目を集めるには…という心配もあった。

しかし一つだけ断っておく。公明正大な女神が、人間の外見に目がくらむようなことは絶対にない。

ここまで夏川が投じた球は15球。あの江夏の21球に比べると、まだ6球ほど少なかった。

☆

イーグルス側からすると、2死になったものの、まだ塁上にランナーが3人いる。しかも、いずれも足の早いランナーである。もし外野手の間にヒットが飛んだら、逆転サヨナラで日本一が決まる。

一方のカープ側からすると、夏川があと1人を抑えれば、日本一が決まる。つまりここが、正真正銘の天下分け目の分岐点になった。

こうしてみると、どうしても勝敗を決めなければならない女神の立場は、厳しくつらいものがある。

しかし、そこは百戦錬磨の「勝利の女神」。この時点では、まだ自信満々の表情で試合を見つめていた。

打席には、イーグルス3番の今江敏明が、ゆっくりと打席に向かう。おそらくいまイーグルスで最も信頼できる打者である。

さらにネクストバッターズサークルに目をやれば、ホームラン王の4番・ウォーラーが、自慢のバットをビュンビュンと音をたてて振っている。

だが今江は、心のなかで呪文のように唱えていた。

「長打はいらない。外野手の間に落ちれば、ランナー2人が還れる」

彼は、ロッテ時代（２００５年）に、日本シリーズで8打席連続安打を放っている。そして同年と２０１０年にロッテの日本一に貢献し、いずれもＭＶＰに輝いた。

彼は3年前にイーグルスに移籍し、ずっと主砲の座を守り続けていた。

ただ夏川の方にも気構えがあった。

「彼は広角に打てる。内角をついて詰まらせよう。もし体に当たったら仕方がない」

1球目。夏川の渾身のストレートが、右打者・今江の胸元をついた。思わず、今江がのけぞった。

「ストラーイク！」

主審のコールに、今江が少し驚いたような表情を見せて、そして頷いた。

「これがストライクなのか」

今江は、微妙な内角のストライクゾーンを読んだ。

2球目。今度は、外角に鋭く曲がるスライダーがコントロールされた。これで2ストライクになった。

ここに至って、三塁側スタンドのファンが総立ちになった。

「あと1球！　あと1球！」

スタンドの無邪気な声援に、夏川の心は少しだけ揺らいだ。3球目は、内角に勝負球を投げ込むのか。あるいは1球、高めに誘い球を投げるのか。

相手は、百戦錬磨の打者である。打席での表情も仕草も何一つ変わらない。

夏川の心は決まった。ここは小細工をしないこと。そして決して逃げないこと。

3球目は内角ストレート。初球とほぼ同じ球だった。

「来た！」

この球を待っていた今江が、バットを強く振った。しかしファウル。打球は三塁側ベンチの上を越えていった。

このスイングを見て、捕手の会澤も投手の夏川も、同じことを感じた。

「今江は、内角ストレートを待っている」

ここでタイム。会澤が夏川の元へ歩いていった。

「今江は内角のストレートを狙っている。打ち気を逸らそうか？」

しかし夏川は、この会澤の提案に首を振った。

「同じところへ行こう」

このとき夏川には、一種の開き直りがあった。打者の弱点は、強みと言われる周辺にある。ここは打たれて元々…。そういう開き直りが必要だった。

一言をためらっていた他の内野手のなかで、唯一、二塁手の菊池涼助が夏川に声をかけた。

「どこに飛んでも、大丈夫ですよ。僕らがいますから…」

案外、この一言は効いた。後ろには7人も守ってくれている。特に、二塁方面に飛んだ打球は、たいてい菊池がさばいてくれる。

4球目、ファウル。彼は、同じところへストレートを投げ続けた。一方でファウルを打ちながら、今江も段々とタイミングが合ってきた。

その5球目。夏川は、思わず心のなかで叫んだ。

「しまった！」

指先の感覚が、かすかに狂ったのである。

「打たれるかもしれない」

あとは今江がミスショットしてくれるかどうかだけである。

「よし！」

今江は、肩の力を抜いて軽くボールの芯に合わせるようにしてバットを振り抜いた。これが体の軸を回転させることによって、遠心力でボールを運ぶような形になった。この打ち方は打球がよく飛ぶ。

打球は、大きな弧を描いて、レフトスタンドめがけて飛んで行く。今度は、三塁側を除くすべての観客が総立ちになった。

このまま打球がレフトスタンドに吸い込まれれば、逆転サヨナラ満塁ホームランである。全国のプロ野球ファンが、テレビの前で目を丸くして打球の行方を追った。

打球は、一定のスピードを保ったまま、左翼ポールの上を通過。このときあまりに弾道が高かったので、三塁線審が一瞬打球を見失った…ように見えた。

ファウルか。ホームランか。少し間があった。次の瞬間、三塁線審がぐるぐると右手を回した。なんと、日本シリーズ初となる逆転サヨナラ満塁ホームランである。

しかし、ここから思わぬドラマが展開することになった。

打球を見失ったように見えた三塁線審とは違って、主審はジッと打球の行方を眼で追っていた。そしてファウルのジェスチャーをしかけた。ところが自分より近くで見ていた三塁線審が右手をぐるぐる回しているのを見て、そのジャッジを止めた。

もちろんこの様子を見ていた緒方監督が、ベンチから飛び出してきた。このときすでにイーグルスの選手たちが全員グラウンドに飛び出し、桃田監督の胴上げの準備に入っていた。主審がマイクを握った。

「ただいま今江選手の打球をホームランと判定しました。しかし打球がポール外を通過していたのではないかという抗議がありましたので、この点をビデオで確認します。しばらくお待ち下さい」

グラウンドに出ていたイーグルスの選手たちは、みなベンチに戻るよう指示された。そして守っていたカープナインも、そのまま自分のポジションに留まった。

　テレビでも、その場面が何度も繰り返された。しかし厄介なことに、打球がポールのはるか上を通過している。

　もちろんポールの延長線上は空間であり、どっちに判定したとしても、その根拠を述べるのは難しかった。つまり、よく分からないのである。

　それはホームランだと言えばホームランだし、ファウルだと言えばファウルになる打球だった。

　このときの「勝利の女神」というのは、どう考えても、気の毒きわまりなかった。こんなとき、考えすぎてノイローゼになる女神もいるという。

　しかも、いったんノイローゼに陥ってしまうと、次の判断までできなくなってしまう。おそらくこの日本シリーズの女神も、この種の〝負のスパイラル〟に陥ってしまったのではないか。

　その瞬間、神さまが不在になった。そうなると、泥臭い人間ドラマだけが容赦なく展開していくことになる。

「自由の女神」「幸運の女神」…。この世にはいろいろな女神がいる。しかし「勝利の女神」は、とりわけその役割が大きい。人間社会の大切な場面で登場してくることが多いからである。

☆

再び、プロ野球史に刻まれた過去の日本シリーズの話である。もちろんそれは、野球通のオールドファンなら誰でも知っている。

1978年10月22日。その年のプロ野球日本シリーズは、広岡達朗率いるヤクルトスワローズと上田利治率いる阪急ブレーブスの対戦になった。

3勝3敗で迎えた後楽園球場。ヤクルトが1点をリードした6回ウラ。ヤクルトの4番・大杉勝男が放った打球が、これによく似た弾道だった。

そのときの判定は、ホームラン。その後、伝説になった上田利治の猛抗議は1時間19分にも及んだ。

しかし判定は覆らず、ヤクルトを日本一に導いたこの試合は、単にそのシーズンの日本シリーズの勝敗を分けただけではなかった。

そのシーズンオフ。名将と呼ばれていた上田利治は、これを理由に辞任。それまで無敵を誇っていた王者・阪急ブレーブスが上り詰めた頂点から、ゆっくりと下降線を辿りはじめるきっかけになった。

たかが1プレーの判定。しかし、それが球史を変えた。

その日。審判団が再びグラウンドに姿を現すまでに、12分という時間が費やされた。その時間は、とてつもなく長く25〜30分くらいの感覚だった。

大観衆が、固唾を呑んで主審の行動を追う。そして彼がマイクを持った。一瞬の緊張と静寂が、球場全体を包み込む。

「ビデオ判定の結果を報告します。線審は、打球がポールの真上を通過したと判断し、これをホームランとしました。しかし、ビデオを精査しました結果、打球はポールの延長線上の外側を通過しており、これをファウルといたします」

場内からいっせいに大ブーイングが起きた。そしてＫｏｂｏパーク宮城のグラウンド内にさまざまなモノが投げ込まれた。

しばらくして桃田監督が、ゆっくりと主審の方に歩いて行った。観衆は一瞬、何が起きるのか息を呑んだ。ただ、彼は意外に落ち着いていた。そして主審に向かって何か言葉を発した。

その次の瞬間だった。主審が顔色を変えた。そしてオーバーなジェスチャーでこう呼んだ。

「退場！」

しかしそうなっても、桃田監督は、終始、冷静だった。

一体なにがあったのだろうか。退場を宣告された桃田監督は、選手たちに笑顔を残してベンチをあとにした。

☆

さあ、大変なことになった。かつて日本のプロ野球が経験したことのない状況である。ともかく試合が再開された。

〝祭りのあと〟というのだろうか。場内に得体の知れない気だるい空気が漂った。もう試合の結果など、どちらでもよい。そういう雰囲気である。

球史の１ページに「広島東洋カープ」と刻まれるのか、「東北楽天ゴールデンイーグルス」と刻まれるのか、そんなことはもう知ったことではない。それは、あまりに俗っぽい話ではないか。

大切なのは、そのとき極限まで戦った選手たちの心意気である。

試合再開の直後。夏川は一転して、力のないストレートをド真ん中へ投げ込んだ。その球を今江がフルスイングした。

しかし、結果は空振りだった。

その瞬間、カープの日本一が決まった。夏川は、結局、あの江夏と同じ21球を投げた。

ただこのあと、日本中のプロ野球ファンが、グラウンド内で世にも不思議な光景を目にすることになった。

まず三振を取った夏川が、三振を喫した今江のところに歩み寄った。そして笑顔で握手を求めた。これに驚いた今江が、夏川をハグする。

この2人の姿をきっかけにして、両軍の選手たちが入り乱れ、お互いの健闘を称え合うようなシーンに変わっていった。サッカーで言えば、試合後のユニフォーム交換に似ている。

そして、しばらくして緒方監督の胴上げがはじまった。そのとき、なんと両軍の選手たちが胴上げに参加したのである。

そして誰かが叫んだ。

「桃田監督も胴上げしよう！」

そして再び、両軍の選手たちが、恥ずかしそうにベンチ裏から出てきた桃田監督を胴上げした。

そもそもプロ野球というのは、こうでなくてはいけない。渾身の力を振り絞って戦ったあとは、お互いを称え合うことが大切である。

それにしても、なぜあのとき夏川は、ド真ん中へストレートを投げ込んだのだろうか。最後に投げた1球の意味は、とてつもなく大きなものに感じられた。

そして今江は、なぜその球を打てなかったのだろうか。

その真相は、その後、重なったベールを1枚ずつはがすようにして明らかになっていく。

☆

日本列島が興奮に包まれたのは、その翌日のことだった。

ビデオを精査して判定を覆した主審が、あるメディアに次のように語ったと伝えられた。

「風ですよ、風。仙台の上空を舞う風は、どっちに吹くのか分からない。ポールの延長線上をかすめたどうかについては、風次第。あのときライト側からレフト側に強い風が吹いていたのが決め手になりました」

晩秋の夕刻。Ｋｏｂｏパーク宮城の上空に吹く風は、その後、〝神風〟と呼ばれるようになった。もちろん、神の仕業なら目くじらは立てられない。

さらにもう一つの謎。笑顔で対応した桃田監督がなぜ退場になったのかという点についてである。

「あれはエンターテインメントですよ。長い時間、お客さんを待たせておいて〝何も起こらなかった〟では申し訳ない。桃田監督の方から〝そうしてくれ〟ということだったので…」

さらにその数日後のことだった。

関係者のさまざまな証言が、スポーツ紙をいっそう賑やかすようになった。

まず桃田監督の話である。

「応援してくれたイーグルスのファンに納得してもらうためには、あの方法しかありませんでした。審判だって人の子、メンツというものがあります。自分が悪役に徹すれば、すべての人がスッリキするわけですから…」

この言葉に、日本中のプロ野球ファンが拍手喝采を送ることになった。

そして、その好感度ぶりは、日本一になった緒方監督をはるかに上回った。

もちろんこの状況下で、誰もが心配していた桃田監督の来季への続投がすんなりと決まった。

一番興味深かったのは、夏川の〝最後の1球〟についての話である。

夏川は、無精ヒゲを撫でながらスッキリとした表情でこう語った。

「あの勝負は、完全に今江の勝ちでした。ファウルだったかどうかは分かりませんが、完璧にやられました。ここはスポーツマン精神に則り、ド真ん中へストレートを投げて打ってもらうしかないでしょう」

そして、空振り三振を喫した今江の話である。

「球がド真ん中に来たとき、とっさに彼のメッセージを感じました。もう思い切りフルスイングするしかないでしょう」

しかし、彼が最後まで明かさなかったことがある。それはわざと空振りをしたのか、あるいは全力で打ちにいった結果、バットに当たらなかったのかという点についてである。

だが、もうそれはどちらでもよい。同じような感覚は、人間なら誰でも持っている。

イーグルスの今江は、いまでもそのときの、説明のつかない感覚を忘れることができない。

そしてあの大ファウル。手の平にわずかに残った感触とともに、天の女神からあるささやきのようなものが聞こえてきたという。

そう、打球が左翼ポールに向かって飛んでいくとき、彼は、女神の迷いのようなものを感じたのである。

日本には野球の神さまがたくさんいる。そのために、ちょっと気の利いた野球ファンなら、よく分からないプレーのことを「神の仕業」と呼ぶ。

しかし一方で、どうしても「神の仕業」では説明のつかないプレーもある。

このプレーを俗世では「男のロマン」と呼ぶ。

特に、男同士のロマンには、女神の力が及ばないようなところがある。

もちろん女神のなかでも、ひときわ誇り高い「勝利の女神」は、人間の「男のロマン」に一目置いている。

野球というスポーツは、神と人間が互いに信頼し、ときに寄り添い、ときに任せ合う物語なのである。

神の世界で、あの女神がこうつぶやいたという。

「極限まで戦う男同士の姿には感動しました。そこに勝敗をつけるなんて…」

少し切なく、しかし爽やかに。そのシーズンの日本シリーズもまた、多くの伝説を残して幕を閉じた。

第3話

負けるが勝ち
ーどすこい伝説

2017年12月初めのことだった。

日本中にジングルベルの曲が流れ、心地よいクリスマスムードが漂っていた。そろそろカープが強いという話にも飽きてきた。

そんななか、突然、あまたのスポンサーがついたゴールデンタイムの2時間スペシャル番組から、とんでもない話が持ち上がってきた。

この1年間に活躍したプロ野球の選手たちと大相撲の力士たちが、自慢の唄とトークで対戦していたときのことである。

横綱・白砲の発言が思わぬ波紋を呼んだ。

「プロ野球なんか、チョロイもんですよ。うちの力士ならホームランをガンガン打ちますよ」

軽い冗談のつもりだったと思われるが、人生経験の少ないプロ野球の若い選手たちが、これに反応した。

「だったら、打ってもらいましょうよ。プロ野球の選手のなかには、力士を投げ飛ばすような人もいますからね」

この話は、この辺りでＭＣが止めに入るところだった。しかしＭＣは、お調子者で名を馳せる浜田人志。

この人物は、どんな大物スポーツ選手にも臆せずツッコミを入れて有名になった異色の芸人である。少々思慮に欠けるところはあるが、何でも笑いに変えてしまうユニークな才能を持っている。

「これは面白い！　やってもらいましょう」

このやりとりに一番困惑したのは、番組プロデューサーだった。カメラの後ろから懸命に×印を出したが、ときはすでに遅かった。怒涛のように流れはじめた話の方向は止められなかった。

「それでは皆さん、この決着は実際に野球をやってから、そして相撲をとってからということで…」

なんと視聴者に対し、浜田が勝手に、このトークの決着を約束してしまったのである。この1件で、番組プロデューサーは、会社のおエラ方から辞表を書くように促された、という噂が流れた。

☆

その後、局内で何度も番組の制作会議が開かれた。そしてその都度、テーブルをひっくり返すような議論が繰り返された。

しかし民放テレビ局の交渉力もたいしたもので、なんと日本プロ野球機構、日本相撲協会から了承が得られた。もちろん頭の固いNHKの猛反対はあったが…。

開催時期は、大相撲初場所が終わってから、プロ野球オープン戦がはじまる前しかない。もちろん選手がそれなりに体を動かせる状態でないといけない。

検討の結果、野球の試合は、各自が自主トレを終え、プロ野球のキャンプがはじまる前の1月25日に行われることに決まった。大相撲側もこれを了承する。プロ野球と大相撲から、それぞれ代表者16人を選出し、まずはそのメンバーで野球の試合を行う。

ルールは、７回戦でＤＨ制を採用する。２０１６年から導入されたコリジョンルールは適用せず。それ以外は、公式戦と全く同じルールで行う。

ただ「コリジョンルール適用外」という取り決めが、のちに思わぬドラマを生むことになるなど、まだどこの神さまも想像していなかった。

この野球の試合のあとに、中1日おいて（27日）、今度は土俵で相撲を取る。この際は、選ばれた16人のなかからさらに5人を選び、先に3勝を挙げた方を勝ちとする。

互いにハンディを設けることも提案されたが、双方がこれを拒否。早くも意地と意地のぶつかり合いになった。

異種スポーツの対決と言えば、１９７６年に行われたモハメド・アリ（ボクシング）ｖｓアントニオ猪木（レスリング）の格闘を思い出す人が多い。しかし今度は、それとは全く状況が異なる。

あのときは格闘技同士の対戦だった。しかし今度は、球技ｖｓ格闘技である。野球は野球のルールで、相撲は相撲のルールで行われる。

開催場所は、野球はマツダスタジアム。相撲は両国国技館。ひょんなことからはじまった対決に、日本中の人が注目することになった。

12月下旬。特に話題の少なくなった民放各局のワイドショーは、連日この対決の話で時間を費やすことになった。

そして、あの番組プロデューサーは、アッという間に有能なテレビマンとして脚光を浴びるようになった。もちろん用意されていた涙の滴った辞表は、そっとゴミ箱のなかへ捨てられた。

一方で、ひたすら日々の平穏無事を願う世の神々のなかには、頭を抱える神もいた。

「これはエライことになった」

☆

日本のプロスポーツ界を遡ってみよう。

昭和の佳き時代に、国家の繁栄と平和を支えてきたのは、大相撲とプロ野球だった。いまでもこの2大スポーツは、ヒマをもてあます老人たちの娯楽の王様である。

夏は高校野球とプロ野球。冬は大相撲というのが、昭和人の生活の中心にあった。平成になってから、これにサッカーが加わった。しかしサッカーというのはどことなく西洋的で、昭和の匂いを感じさせない。

特に日本の茶の間に、不思議に平穏な雰囲気を醸し出してくれたのは、力士を土俵に呼び出すときの呼出の声だった。なぜか、声が1オクターブ高い。そして、テンポがゆったりとしている。

「ハッケヨイノコッタ ノコッタ！」

力士が立ち上がってからの行司の合いの手にも、独特なものがある。そして締めくくりに、いっそうテンポの遅い勝ち名乗り。これは、もはや古典芸能に近い。

「水入り」「モノ言い」「軍配を上げる」等々、微妙なニュアンスを伝える相撲用語も日本の文化になった。

いちゃもんだらけの現代社会にあって、クレーム一つつけない厳格な規律のもとで、裸一貫、かくも堂々と闘うスポーツは、他に類を見ないのである。

一方のプロ野球。有名なプロ野球選手になりたいと願う少年たちは、力士を目指す人たちよりも多かった。

オーバーに言えば、昭和というのは、ほとんどの少年がプロ野球の選手になりたいという夢を持つ時代だったのである。

当時、人気の大相撲とともに、人々を勇気づけてくれたのは、間違いなくプロ野球だった。そこにあったのは、大きくなったら、お世話になった両親や周囲の人たちを幸せにしたいという夢だった。

野球用語の方だって、相撲用語に負けてはいない。「僕らのエース」「ストレート勝負」「一発逆転」などは、一般社会でもフツーに使われている。

プロ野球と大相撲は、そういう社会環境のせいで、どちらにもそこはかとない人情が漂うようになった。

考えてみると、この2つのスポーツが、浜田なにがしというお調子者のせいで、直接対決することになったのである。こうなると、どちらも負けるわけにはいかない。

日本中のスポーツファンが…。そう、野球ルールを知らない相撲ファンも、男の裸や褌（まわし）を見るのがイヤだったというカープ女子も虎子も、ネコも杓子もこの話題でもちきりになった。

このように日本中がプロ野球や大相撲で盛り上がるのは、１９７７年の王貞治のホームラン世界新記録や、１９９１年の空前の若貴ブームのとき以来なのではないか。

街のあちこちに「大鵬ｖｓ王貞治」、「千代の富士ｖｓ黒田博樹」など両界を代表するスーパースターのツーショットポスターが貼られるようになった。

前売り券は、即日完売。久しぶりにテレビ視聴率が50％を超えることが予想された。

この思わぬ状況に、一部の相撲好きの神さまたちが喜びを露わにした。

「やったぞ！　久しくプロ野球に押されていたが、また日の目を見るチャンスがやって来た」

ここで思い起こしておこう。そもそも相撲というのは、神社に奉納する神事から発祥したスポーツである。

「横綱」の名称は、神社の鳥居や拝殿に取り付けられる「注連縄」から来ているし、「四股を踏む」というのは、魔除けのために力士が土を踏み締める行為である。

☆

その年末。プロ野球界からは、かつて熱血指導で知られた星野仙市。相撲界からは、日本中に相撲ブームを巻き起こした貴ノ花親方が、チーム監督として選ばれた。

さらに16人の選手の他に、３人までのコーチを置くことが了承された。また16人の選手のなかには、４人まで外国人を含むことができる。さあ、あとは人選である。

誰と誰が戦うのか。プロ野球界には「野球はやりたいが、裸で相撲を取るのはイヤだ」という選手もいた。一方の相撲界には「コリジョンルールがないので、どすこい体当たりを試してみたい」という力士もいた。

これは、大変なことになりそうだ。

一時ファン投票を行う案も検討されたが、もう時間がない。ここは星野仙市と貴ノ花に一任しようということになった。

2018年の新年早々、両軍メンバー（別表）が発表された。

メンバー交換が終わってから2日後。プロ野球側から次のようなクレームがつけられた。

「コーチとして名前が載っている〝デーモン却下〟というのは、少々ふざけているのではないか」

これに対する日本相撲協会の回答は、「行司の差し違えもよくあること。し

メンバー表

プロ野球		大相撲	
監督	星野仙市	監督	貴ノ花
コーチ	中畑清次	コーチ	舞乃海
	古田圧也		若ノ花
	石井琢老		デーモン却下
投手	大谷翔一（日ハム）	選手	日馬（伊勢浜）
	菊地雄星（西武）		稀勢（田子浦）
	山口峻一（巨人）		琴将菊（佐渡嶽）
	サフィテ（ソフトバンク）		豪英道（堺川）
捕手	嶋基広（楽天）		琴勇気（佐渡嶽）
	伊藤ひかる（オリックス）		安高（田子浦）
内野手	新井貴広（広島）		隠岐乃海（八角）
	山田哲矢（ヤクルト）		栃皇山（春日野）
	菊池涼助（広島）		勢山（伊勢海）
	坂元隼人（巨人）		遠堂（追手風）
	ゴモス（阪神）		逸の城（湊）
外野手	柳田悠木（ソフトバンク）		豪の風（尾車）
	鈴木誠矢（広島）		安見錦（伊勢浜）
	角中勝成（ロッテ）		大砂風（大嶽）
	平田良輔（中日）		臥ガ丸（木瀬）
	エルドレット（広島）		石の浦（宮城野）

かし一度決めたことは守り抜きたい」というものだった。

相撲界特有の分かりにくい説明だったが、ここはプロ野球側も「細かいことを言う立場にはない」として、これを受け入れた。

以下、デーモン却下へのインタビューである。

「相撲は300年近い伝統を持つ国技。チャラチャラしたプロ野球なんかに負けるわけにはいかない」

一方、口では誰にも負けない中畑清次がこれに応じる。

「いま日本のプロ野球は、カープを中心にしてゼッコーチョー。非近代的なスポーツに負けることはないだろう」

当然のことだが、中畑が発した〝非近代的なスポーツ〟という不用意な発言が、力士たちの闘志に火をつけた。

1月25日のマツダスタジアムは、さながら国技館のようになった。真冬の広島の空が青く澄み渡る。しかし、それにしても寒い。この状況下では、真冬でも裸で相撲をとる力士の方が有利なのではないか。

あの長いマツダスタジアムのアプローチロードでは、力士の名前が入った色とりどりの旗が揺れた。

すでに入り口付近には長蛇の列。北海道からやってきた大谷翔一ファン。茨城県から5日間もかけて、自転車でマツダスタジアムにやって来た稀勢ファン。年代で言えば15、16歳の若者から100歳近い老人もいた。これはさすがにプロ野球と大相撲の対決である。双方とも、客層が広い。

前日までのお祭りムードとは打って変わり、次第に緊張ムードが高まっていく。

プロ野球選手は、それぞれ自軍のユニフォーム。大相撲選手は、この日のために新調した揃いのユニフォーム（赤）を着用した。

ユニフォーム新調に当たっては、一部の力士たちの強い要望により、カープと同じ赤が採用された。

「カープ女子」の熱い声援を受けたいというのがホンネだったようだが、これが意外に可愛い。

と言うか、「馬子にも衣装」。ユニフォームを着ると、なんとなく強そうに見えてくる。

〈先攻〉大相撲	〈後攻〉プロ野球
1番　石の浦（二塁手）	1番　菊池涼助（二塁手）
2番　安見錦（三塁手）	2番　坂元隼人（遊撃手）
3番　日馬（遊撃手）	3番　山田哲矢（三塁手）
4番　稀勢（捕手）	4番　ゴモス（DH）
5番　琴将菊（右翼手）	5番　柳田悠木（中堅手）
6番　豪英道（中堅手）	6番　新井貴広（一塁手）
7番　勢山（左翼手）	7番　鈴木誠矢（右翼手）
8番　逸の城（DH）	8番　嶋基広（捕手）
9番　隠岐乃海（一塁手）	9番　角中勝成（左翼手）
投手　遠堂	投手　大谷翔一

試合開始30分前。ようやく電光掲示板に両チームのスターティングメンバー（右表）が発表された。

チアガールのダンスとともに1人ずつ名前が呼ばれた。そのたびに、場内からヤンヤの喝采と大きな拍手が湧いた。

さらに、高視聴率が予想される試合のテレビ中継である。

プロデューサーは、異種スポーツの戦いを公平かつ面白く解説するために、かつてプロボクシング世界チャンピオンだったガッツ石松をコメンテーターに起用した。

このメンバーを見て、ガッツ石松が言う。

「うーん。このメンバーなら互角か、あるいは少し大相撲チームの方が強いかもしれませんねぇ」

この意外な発言に驚いた実況アナが聞いた。

「えぇ！　それはどういう根拠によるものですか？」

ガット石松は、神妙な表情でこう答えた。

「選手一人ひとりの体つきを見て下さい。身体能力と技術力に差があるように見えます。例えば、二塁手の菊池のアクロバットのようなプレーも凄いですが、その点で言えば、石の浦の方が上でしょう。捕手で言えば、嶋よりも稀勢の方が、どっしりとホームベースを守れます」

実況アナは、それ以上に議論を深めることを避けた。それは、試合がはじまれば、すぐに分かること。

そもそも野球を本業とするプロ野球チームが、ただ体が大きいだけに見える大相撲チームに負けるはずがない。

この道30年のベテラン実況アナは、こう信じて疑わなかった。

実況アナは、この時点で、ガット石松から真っ当な解説を引き出すことを諦めた。

そして、あまり突飛な発言が飛び出さないように、目の前で展開されるゲームの実況に専念することを心に決めた。

☆

「プレーボール！」

どことなく含み笑いで口元が緩んだような主審のかけ声を合図に、大谷翔一が石の浦に1球目を投げた。160キロ近いストレートがド真ん中に入ってきた。この投球に場内から大きなどよめきと拍手が起きた。

やはり石の浦のバットは、ピクリとも動かない。バットを振る気がないのか、それとも手が出ないのか。見方によっては、どちらにも見えた。石の浦は3球三振に倒れた。

その後、安見錦も日馬も見逃し三振。実況アナが得意そうに言った。

「さすがですねー。やっぱり力士は手も足も出ません」

しかしガット石松の見方は全く違っていた。

「いや、3人ともよく球筋を見ていましたよ。彼らにとって最初の打席は〝しきり〟みたいなものですから、次は必ず打つと思います」

つまりガット石松の見解によると、最初からバットを振る力士は打てない。ジッと球筋を見ている力士は打てるというのである。

ただスポーツに一定の見識を持っているファンでさえ、まだこの説を信じる人は少なかった。


一方、大相撲チームの先発投手は、子どもの頃からプロ野球に憧れていた遠堂である。

彼のストレートの球速は、大谷翔一に勝るとも劣らなかった。多少コントロールにばらつきはあったが、どこで覚えたのか、スライダー、チェンジアップ、フォークボールを投げた。

一説によると、出稽古に行くとき、何回かに1回は、神宮球場のブルペンに向かっていたという。

「プロ野球に負けてたまるか」

そういう気迫が全身にみなぎっていた。

1回ウラ。菊池涼助はセカンドゴロ。坂元隼人はショートフライ。山田哲矢はサードフライに倒れた。遠堂が、わずか8球で3者凡退に抑えた。

オーノー。プロ野球選手が、いくら大相撲の貴公子の投球であっても、その球をヒットにできないというのは、その道のプロとしてありえない。

この状況に、実況アナのトーンが急に下がった。確かに、相手がよく分からない状況下での積極打法というのは、無謀なのかもしれない。

ひょっとしたら、ガット石松の解説が当たっているのかもしれない。少しそういう空気が漂いはじめた。

この重苦しい空気は、3回まで続いた。大谷翔一と遠堂の好投によって、試合は思わぬ展開になった。0対0。両チームが文字どおり、がっぷり四つに組んだのである。

ようやく試合が動いたのは、4回表のことだった。初回に3者見逃し三振だった大相撲の打者たちが、積極的にバットを振りはじめた。

まず石の浦の三塁手のスキをついたセーフティーバントが成功。この巧妙さは、土俵上の彼の取り口に似ている。

続く安見錦とのヒット&ランがライト前に飛ぶ。アッという間に無死一、三塁になった。

続く日馬は、センター前にクリーンヒット。これで大相撲チームが1点を先制。この回には、後続の勢山と逸の城のタイムリーも出て、たちまち3対0で大相撲チームがリードした。

　それでもまだこの試合は、ここからプロ野球チームが逆転するに違いないという楽観的な雰囲気があった。

　案の定。4回ウラ。柳田悠木と新井貴広が連続ヒット。続く鈴木誠矢がセンター前にクリーンヒットを放った。さあ、プロ野球チームの反撃である。

　そのとき二塁ランナーだった柳田悠木が、笑いながらホームベースに駆け込んだ。しかし豪英道のストライク返球と稀勢のブロックに阻まれ、どうしても足がホームベースに入らない。

　同じように、嶋基広と角中勝成がライト前にヒットを打った。しかし、いずれも琴将菊の好返球と稀勢のブロックによって、ランナーがタッチアウトになった。

　このプレーをビデオで確認してみると、稀勢のブロックは完璧だった。どの方向からどのように足を入れても、ホームベースに触れることができないのである。

あの頑丈な新井貴広でも、ホームベースから約1メートルのところに跳ね飛ばされた。

ガット石松が言う。

「プロ野球の選手は、もっと肩からぶちかましていかなければ…」

ひょっとしたら、野球と相撲ではスポーツに対する考え方・取り組み方が全く異なるのかもしれない。

この予想もしていなかった光景に、全国のテレビの前のファンが凍りついた。

それまで笑顔を見せながら涼しい顔でベンチに座っていた星野仙市監督の様子が、ガラリと変わった。
そして石井琢老コーチの助言を得て、ようやくプロ野球らしい手を打ち始め

た。しかも〝なりふり構わず〟にである。

「遠堂の足元を狙え！」

力士というのは力がある。だから「力の士」と書く。しかしその分、足元の細かいプレーは苦手なはずである。日本には「柔よく豪を制す」という言葉があるではないか。

5回ウラ。まず菊池涼助が三塁前にセーフティーバントを転がした。しかし三塁手の安見錦は、小技を得意とするベテラン力士である。これを簡単にさばいてアウト。

続く坂元隼人は、一塁側へセーフティーバント。しかし一塁手の隠岐乃海も体が大きいわりに起用な力士である。これも難なくアウト。

こうなると打つ手がなくなる。続く山田哲矢は、迷いに迷った揚げ句に見逃し三振。こうしていつのまにか、3対0のまま最終回（7回）を迎えた。

プロ野球チームの投手は、大谷翔一から菊地雄星へ、そしてサフィテへと継がれた。一方の大相撲チームは、遠堂一人が6回まで投げきった。

そしてクローザーとして、大砂風が登板した。大砂風の母国（エジプト）では、野球というスポーツなどはない。しかしどこで覚えたのか、彼もまた150キロ近いストレートと緩いカーブを投げた。

7回ウラ。このままいけば、プロ野球チームの惨敗である。プロ野球チームは、歯をくいしばって2死から必死に粘った。

4番・ゴモス、5番・柳田悠木、6番・新井貴広が3者連続四球を選んだのである。

「よし！　これで行ける」

7番・鈴木誠矢が打席に向かった。彼は2016年シーズンに、2試合連続でサヨナラ本塁打をかっ飛ばした「神ってる男」である。プロ野球ファンは、彼のミラクルにすべてをかけた。

それは、はるばる海外からやってきた大砂風と、日本の若武者の意地の対決になった。

まず初球は、緩いカーブ。2球目は、外角のストレート。たちまち2ストライクに追い込まれた。

そして3球目。内角のストレートを鈴木誠矢のバットが芯で捉えた。

「やった！」

マツダスタジアムの満員の観客が総立ちになった。左中間に飛んだ打球がスタンドに入れば、逆転サヨナラ満塁ホームランである。

長い滞空時間。まるで映画のスローモーションを観ているようだった。

そのとき無風だったマツダスタジアムに一瞬、大相撲の風が吹いたように感じた。

打球は、左中間フェンスに激突した豪英道の体と交錯するような形になって見えなくなった。一体どうなったのか。

ただよく目を凝らして見ると、打球は、倒れ込んだ豪英道のグラブのなかにすっぽりと収まっている。

豪英道は左肩を傷め、そのまま担架に乗せられて退場した。しかし場内から万雷の拍手が起きた。彼は、結果的に、この負傷によって大切な春場所を休場することになった。

しかし世には「捨てる神もあれば、拾う神もある」。彼は、この試合のヒーローとして後世に名を残すことになった。

3対0。この試合、大相撲チームは劇的な勝利を収めた。

それにしても、「神ってる」男の打球を力で押し戻した、あの神風は、どこの神さまの仕業だったのだろうか。

この試合の結果によって、世の中の雰囲気が変わった。

あの浜田が、嬉しそうに言った。

「プロ野球は、相撲で勝てばいいのではないか」

こうして、いやでも2日後に行われる大相撲対決に注目が集まることになった。

そしてもう一つ忘れてはならないことがある。この状況を見事に言い当てたガット石松の評価はうなぎ昇りに上がった。

彼は、メディアに向かってこう言って笑った。

「ＯＫ牧場！」

☆

1月27日。東京両国の国技館において相撲対決が行われる。

その前日。プロ野球チームと大相撲チームから、それぞれ対戦するメンバーが発表された。

１回戦　勢山ｖｓ平田良輔

2回戦　安高ｖｓゴモス
3回戦　栃皇山ｖｓ山口峻一
4回戦　琴将菊ｖｓ新井貴広
5回戦　日馬ｖｓエルドレット

このメンバー構成から、両軍の意図がはっきりと読み取れた。大相撲チームは、まず勢山の勢いで先手を取る作戦である。

そしてファイトの安高と技巧派の栃皇山であっさりと勝負をつけたい。もし4回戦以降に持ち込まれた場合には、どっしりと琴将菊で受け止め、最後は横綱で締めるという作戦である。

一方のプロ野球チーム。ズラリと重量級を並べた。この体と顔で睨みつければ、さすがの力士だって、少しは動揺するかもしれない。そういうメンタルな威圧作戦である。

力士は自前のまわし。プロ野球選手は、ケイコ用のまわしを借りて相撲をとることになった。

但し、外国人（ゴモスとエルドレット）に限っては、まわしの下にショートパンツをはくことが許可された。なぜなら西洋の習慣では、人前でお尻を見せることが著しいマナー違反になるからである。

さてこのテレビ中継。解説者に抜擢されたのは、五輪マラソンで2回もメダルを獲得したことのある有森ゆう子だった。

「このメンバーを見ている限り、互角か、ややプロ野球チームの方が有利なのではないでしょうか」

おっと。このセリフは、どこかで聞いたような気がする。そう、あのガット石松の予想の下手な二番煎じである。

なぜプロ野球チームが有利なのか？ 世間は、この見方を「異種スポーツ選手のたわごと」として取り合わなかった。

むしろプロ野球選手に対して、心配する声の方が多かった。

「まだペナントレースに入る前なので、本気で相撲をとってケガをしたら…」

同日の国技館には、早々と満員御礼の垂れ幕が下がった。大相撲ファンとプロ野球ファンが半分ずつ席を占めた。

土俵下では、2日前に激闘を繰り広げた両軍の選手たちが応援している。特に大相撲をはじめて見る大谷翔一は、興奮していた。

さらに実際に相撲をとるゴモスとエルドレットは慣れない四股を踏んで、出番に備えた。

そして、いつもはＮＨＫの独壇場だった場内の放送席に、あの民放局の面々が陣を取った。実況するアナの声が、心なしか上ずって聞こえた。

☆

1回戦の勢山ｖｓ平田良輔。

「ひがーし、ヒラータ…」

呼出の頓狂な声が、プロ野球ファンにある種の違和感を与えた。チョンまげを結わない平田良輔の仕草にも、少しためらいのようなものが見えた。しかし不思議なもので、仕切りを重ねていくうちに、次第に気合が入っていく。

ただこの際は、見かけによらない身のこなしと器用さをもつ平田良輔でも、さすがに勢山の圧力を止めることはできなかった。

立ち上がった瞬間に勝負はついた。アッという間の押し出しで、大相撲チームがまず1勝を挙げた。

続く2回戦。体格で言えば、ゴモスの方が安高を上回る。ゴモスのドミニカパワーが炸裂するのではないか。そういうほのかな期待もあったが、こちらもあっけなく安高が上手投げで勝った。

これで大相撲チームが2勝。あと一つ勝てば、この相撲シリーズは、大相撲チームの勝ちとなる。

3回戦の栃皇山ｖｓ山口峻一。誰もが栃皇山の勝ちを予想した。しかしその立会いのとき、栃皇山の出足がピタリと止まった。あとで本人はこう語っている。

「立会いの瞬間。山口さんの物凄い形相が目に入りました。それにあのチョビ髭が…」

大相撲界には、チョビ髭をたくわえた力士はいない。栃皇山の出足が、その表情に惑わされて鈍ってしまったのである。

マウンド上で数々の修羅場をくぐり抜けてきた山口峻一は、その一瞬を見逃さなかった。そして、そのまま栃皇山を押し出した。

そもそも栃皇山という力士は、この種の奇襲作戦に弱い。本場所では、白砲のネコ騙しで負けたこともある。

これで2勝1敗。少し面白くなってきた。しかし基本的に、力士が相撲で負けるようなことはない。大体これが良識ある人々の見方だった。

しかし、この流れをジッと見ていた有森ゆう子が言った。

「これで五分五分だと思います。立会いに集中する姿勢は、やっぱりプロ野球の選手の方が勝っていますから…」

有森ゆう子が誰のどこを見てそのように言っているのか、実況アナの理解を超えていた。

5分間の休憩を挟み、いよいよ4回戦。相撲界からも、プロ野球界からも、ここからは大御所と呼ばれる人たちが登場する。

これまで何度も綱獲りに挑んだことのある琴将菊。それに2016年に2000安打を達成した新井貴広の対戦である。

琴将菊は、立会いから一気に土俵の外に新井貴広を運び出す、がぶり寄りをイメージしていた。一方の新井貴広は、自身のモットーである〝くらいついて粘る〟という作戦を頭に描いていた。

しかし勝負は、アッという間についた。

立会いに、琴将菊が新井貴広をぶちかました。そして新井貴広がぐらついた瞬間に、琴将菊は体を預けるようにして、一気に土俵際へと進んだ。

この一直線の寄りが明暗を分けた。琴将菊のまわしに食らいつこうとした新井貴広が右に回る。その瞬間、琴将菊は目標物を失ったまま土俵の外へと突進していった。これでは、まるでスペインの闘牛ではないか。

すぐに有森ゆう子が口を開いた。

「やっぱり思ったとおりでした。野球の選手は、瞬間に身体バランスを変化させることができます。ただ琴将菊という力士は、ひたすら力任せの一直線ですから…」

これで2勝2敗。勝負の行方は、最後の対戦に委ねられることになった。

☆

日馬ｖｓエルドレット。

支度部屋で戦況を見つめていた２人は、いずれも3勝0敗で大相撲チームの勝ちを予想していたので、まさか自分の出番がくるとは思っていなかった。

ただ、勝負事というのはゲタをはくまで分からない。

日馬は、泣く子も黙る横綱である。横綱というのは、19～20世紀の日本庶民の歴史と共にあったといっても過言ではない。

実は、初代横綱とされる明石志賀之助から第3代横綱・丸山権太左衛門までは、確たる記録が残っておらず、時代不詳とされている。

しかし、伝説の名横綱だった第4代・谷風梶之助は、寛政元年（１７８９年）に横綱に昇進したと記録されている。これは、実に２３０年前のことである。

この2世紀余りの間に誕生した横綱は、２０１７年に横綱に昇進した稀勢の里を含めて、わずかに72人しかいない。単純計算すると、1人の横綱が誕生するためには、3年以上の歳月を要するのだ。横綱というのは、かくも価値のある地位なのである。

横綱が頼りなくなると、その社会が頼りなくなる。つまり横綱というのは、めったなことで負けてはならないのだ。

この全く予期せぬ展開に、全国の相撲の神々が慌てて声明文を出した。

「神聖なる神々の名において、日馬には、ゆめゆめ手を抜くことなく全力で戦うよう期待する」

一方のエルドレット。2014年シーズンには、37本のホームランをかっ飛ばし、ホームラン王を獲得した。つまり球界で1、2を争う怪力の持ち主なのである。

2人の体格を比較すると、すべての面でエルドレットの方が上回っている。

技の日馬か。力のエルドレットか。仕切りが進むにつれ、日本中の人が手に汗を握った。

そして制限時間いっぱいになった。立会いは全く互角。しかし差し手争いなら日馬の方がはるかに有利である。すぐにもろ差しの体勢になった。

こうなると、勝負は見えたのも同然。多くの相撲ファンが、土俵中央でエルドレットが投げ飛ばされるシーンを頭に描いた。

しかしエルドレットは、腰を低くして粘った。そして長い時間をかけて両手に上手まわしを掴んだ。

その次の瞬間。なんということだろうか。無数のカメラフラッシュが焚かれるなか、エルドレットが高々と日馬を持ち上げた。

そのとき、土俵面から日馬の両足が裕に30センチは浮いていたのではないかと思われる。そして、そのまま日馬を土俵の外へ運んだ。

なんという結末だろうか。しかし、このとき多くの相撲ファンが、日馬の負けたあとの表情を見逃さなかった。

彼の表情には、ある種の安堵感のようなものがあった。しかも、口元にかすかな笑みを浮かべて…。

これを見て、有森ゆう子が満足そうに語った。

「私の見方が当たるかどうか不安でしたが、今度ばかりは、自分で自分を褒めたいと思います」

こうしてしばらくの間、日本社会は、どうでもよくなった安倍政権のトランプ詣での話よりも、この話題で盛り上がることになった。

それにしても、あの負けたあとの日馬の清々しい表情は、一体何を意味していたのだろうか。

☆

たとえ面白半分のイベントであったとしても、世紀の戦いと言われたプロ野球と大相撲の対決は、両者がふんばり1勝1敗の引き分けに終わった。

プロ野球側も大相撲側も、それぞれ自分の土俵で負けた。この誰も予想しなかった結末に対し、世間のヒマ人たちからいろいろな観測が飛び交った。

なかでも「Ｎｕｍｂｅｒ１」というスポーツ専門誌が書いた、まことしやかな記事が話題になった。

「いずれの大会も八百長だったのではないか？」

ただ言葉は穏やかではないが、この際の八百長というのは、予め仕組まれた八百長ではなく、両者の善意による思いやりだったのではないかという分析である。

実は、八百長の本質については、今日でもまだ釈然としないものがある。八百長というのは、相手と申し合わせて、予め勝敗を決めてから戦うことを差す。

つまり、もし申し合わせが行われていなかったとしたら、それは八百長には当たらない。

例えば、プロ野球の世界では、大差で勝負がついたあとの盗塁は、厳しく非難される。そこまでやるのか、ということである。プロのスポーツマンとして、その精神がアンフェアだと思われているからである。この場合は、いくら盗塁を成功させても、記録（盗塁数）にはカウントされない。

さらに名を遂げたベテラン打者の引退試合において、その打者の内角を攻めてはいけない。変化球も好ましくない。

この場合はどうするのかと言うと、ド真ん中に打ちやすいストレートを投げてあげるのが礼儀になっている。そのために名を成した何人かの打者が、プロ最終打席でホームランを打っている。

相撲界にもいろいろな伝説が残っている。特に、江戸時代の名横綱・谷風梶之助の伝説のなかには、この種の話が多い。

あるとき「対戦する幕内力士の家計が厳しく、妻も病気に伏している」という話が彼の耳に入る。その力士との対戦に、米1俵の懸賞が付けられた。彼は、優勝のかかった大一番だったにもかかわらず、負けるはずのない下位力士に負けるのである。この話を聞いて、江戸庶民が涙し、拍手喝采を送るというものだった。

こういう話がスポーツマン精神に欠けているとは、とても思えない。その人情こそが、プロ野球や大相撲を長く支えてきた所以になっていると思われるからである。

日本には〝負けるが勝ち〟という言葉がある。あのときの日馬の気持ちは、本人以外には誰にも分からない。ただあのときの主役は、間違いなく、相撲に勝ったエルドレットではなく、負けた日馬の方だったように見えた。

日馬は、モンゴルからやってきた外国人力士である。大相撲というのは、そういう人さえ丸く包み込んでしまうような懐の深さがある。

あるスポーツ好きの宗教学者はこう言った。

「この結末は当然のことでしょう。特に横綱というのは、勝負に勝つことよりも世の平穏を求めることが大切です。その象徴的な行事として、いまでも横綱になったときには明治神宮で土俵入りを行います」

つまりこの結末は、世の平穏を祈る神さまたちの願いを形にしたものだったのである。

日本古来の神さまたちは、世の中のバランスをとることに長けている。あのときのマツダスタジアムの神風も、国技館のハプニングも、みな神々の仕業だったのである。

熱狂的に日馬を応援していた、あの相撲の神々にも変化が見られた。再び声明文である。

「日本という国の平穏を第一に考えた日馬に、アッパレの感謝状を贈ることを決めた」

こうして日本のプロ野球と大相撲は、再び人々の心を掴んだ。そして日馬の吊り出し負けは、平成の名伝説になった。

☆

同年3月。あの民放テレビ局が、再び春の特別番組として2時間スペシャルを企画した。

今度は「どっちが速いか！　陸上と水泳」というタイトルが付けられた。

MCは、あの浜田人志。出演者の交渉に当たっては、できるだけ派手な失言が期待できる人…という条件が付けられた。

リオ五輪の金メダリストである萩野幸介がこう言った。

「陸の上を走るのは、チョロイもんですよ」

これに４００メートルリレー銀メダリストの桐生祥英が応戦する。

「水のなかって、子どもの遊びみたいなものですから…」

このチャンスを待っていたかのように、浜田が飛びついた。

「だったら、やってもらいましょうよ」

およそ神さまとは程遠い浜田という男は、神の世界では、人間界の「いたずら神」としてよく知られている。

彼のような「いたずら神」が、勝手に人間界の物語を創ろうとして、しばしば神の世界にちょっかいを出してくる。

しかし、神さまは人間界をよく観察している。「いたずら神」の暴走は、見識ある神々によって、バランスよく描き直される。

それにしても、今年もまた日本列島に、暑い夏がやってくる。

そのテレビ番組の収録が終わったあと。テレビ局の廊下で、バッタリと浜田と日馬が顔を合わせた。

もちろん浜田の方から声をかけた。

「日馬さん、あのときはどうも。うまく負けてもらって…」

この浜田の言葉に、一瞬、日馬の顔が曇った。

「違いますよ。あのときは本気で戦って…。エルドレットに力負けしただけの話ですよ」

人の世で美しく語られる伝説というのは、大体このようにして作られる。

そこに見え隠れするのは、人間たちを愛する神々の小粋な計らいである。

第4話　美しきナックルボーラー

「プレーボール！」

主審のかけ声とともに、おとぎの国からやってきたような女子が、大きく振りかぶった。場内でいっせいにカメラのフラッシュが焚かれた。

２０１９年3月25日。プロ野球の開幕戦。超満員のマツダスタジアムに、いつもより華やかな雰囲気が漂っていた。

その日、始球式のマウンドに立ったのは、当時、人気絶頂だったＡＫＢ49のセンターを務める前田優子だった。

身長１６３センチ。体重45キロ。その国民的アイドルは、雑誌モデル風ではなく、どこかフェミニンな香りを漂わせる女性だった。

赤いミニスカート。白いカープユニフォーム。そして斜めにかぶったピンクの帽子。背中には「49」の番号が付けられた。ユニフォームのすき間からチラリとセクシーなおヘソが見える。

「カワイイ！」

それは、まるでカープ女子のコスプレ大会のようでもあった。彼女がマウンドに上がるときには「フライングゲット」の曲が流れ、22歳になったばかりの前田優子が、マウンド上で高々と両手を上げて見せた。

彼女の球を受ける捕手・会沢燕も少し緊張していた。なぜなら彼自身、前田優子の大ファンだったからである。

一瞬の静寂。彼女の投げた球は、周囲の人々の予想を完全に覆した。全く想定していなかった球が、かなりの球速でホームベースに向かっていったからである。これに驚いたのはヤクルトの1番打者・坂口智だった。

これまで有名人の始球式で、投球がノーバウンドでホームベースに届くようなことはほとんどなかった。日本では、打者がワンバウンドかツーバウンドの球に空振りするというのが礼儀のようになっている。

しかしヤクルトの坂口は、一瞬、錯覚を起こした。球に一定の速度があり、微妙に変化していたからである。つまり球が生きていたのだ。

彼は、ベース上にきた球をめがけて、大人気なく本気でバットを振った。しかし前田優子の投げた球は、坂口のバットの下をかいくぐり会沢のミットに収まった。思わず球審が右手を上げて大きな声を出す。

「ストラーイク！」

場内が、イベント特有の笑い声に包まれた。しかし、これは遠くから見ていた人たちの無邪気な反応にすぎなかった。これを間近で見ていたプロの選手たちの反応は、かなり違うものだった。

「あの球は、何だ？」

ほんの一瞬、生々しいリアルな空気が漂った。

この物語は、このわずか2、3秒間に投げられた前田優子の不思議な球からはじまる。

☆

そのシーズン。カープは5月の鯉のぼりの季節まで快進撃。

しかしその後、チームは失速。まるで定められたレールを進むように、何年か前までの悪いパターンを繰り返すことになった。

同年秋のドラフト会議の直前。球団の首脳陣に苦悩の色が浮かんでいた。課題は、防御率5点台の投手力。しかし毎年のように名のある投手を入団させるのに、なぜかチームを救うような大投手が出現してこない。

その会議の席上。突然、苑田俊彦・スカウト部長が口を開いた。

「みなさん、今シーズンの開幕戦で始球式をした前田優子さんを覚えていますか？　ボクはあのとき、彼女の投げた球を見てひらめいたものがあるんです。カープの未来を切り開くために、何か思い切った策を講じようではありませんか」

苑田が何を言いはじめたのか、まだ誰も理解していなかった。ひょっとしたら、あれは彼一流のジョークなのかもしれない。しかし、その目を見ると何やら本気モードのようでもある。

彼には、江藤智、金本知憲、黒田博樹など、球史に名を残すような名選手を発掘してきた実績がある。もはや球団内に、彼の眼力にいちゃもんをつけるような勇気を持つ人はいなかった。

次第に彼の真意が分かりはじめた。苑田は、日本のプロ野球史上初の女性投手を入団させ、大切な場面で登板させようと目論んでいたのである。

同年11月。前田優子のAKB引退セレモニーは、社会現象になるほどだった。

「ワタシ、カープで投げます！　みなさん、ワタシが辞めてもAKBを嫌いにならないで下さい！」

この言葉は、キンタローというモノマネ芸人のネタになり、「〇〇を嫌いにならないで下さい！」が同年の流行語大賞になった。

そして12月。前田優子のドラフト外でのカープ入団が発表された。契約金２億円。年俸４４０万円。低年俸はさておき、高額の契約金に世間が騒然となった。

12月25日。広島市内の高級ホテル。特大のクリスマスツリーに前田優子の大きなマスコット人形がぶら下げられた。

その場で、日本のプロ野球史上初の女性投手となる前田優子のカープへの入団会見が行われた。

一人の記者が恐る恐る質問した。

「野球をやったことはあるんですか？」

彼女が飄々と答える。

「やったことがないと、投げてはいけないんですか？」

広島市民は、思わぬクリスマスプレゼントに困惑した。

世の中は、いや日本という国は、ついにここまで来てしまったのか。いくら客集めの興行だと言っても、プロ野球の世界に、ド素人を迎え入れるなんて…。メディアの論調は、ことのほか厳しいものになった。

☆

カープの沖縄キャンプには、史上最多の報道陣が押しかけた。

その理由は、説明するまでもない。いつものスポーツ記者に加え、野球を知らない多くの芸能レポーターたちがウロウロしていたからである。

それにAKB時代の前田優子のファンも大勢いた。ただ、ここはディズニーランドではない。カープ球団は一体何を考えているのか。このありえない光景に真っ当なメディアとファンが困惑した。

キャンプ地周辺では、球団が公認していない前田優子グッズが売られ、フッーのマンゴーアイスクリームが「優子アイス」などと名付けられ、市場価格より2倍も高く売られた。

基本的に、彼女はハードな練習をしなかった。カープのユニフォームを着て軽めのウォーミングアップを繰り返すだけである。猛練習を看板に掲げているカープにとって、彼女は異色の存在になった。

紅白戦でも、オープン戦でも彼女の登板はなし。気の早い多くのメディアがこう書き立てた。

「カープは若い選手に刺激を与えるために、前田優子を入団させたのではないか。もしそうだとしたら、プロ野球の球団としてはいかがなものか」

カープ女子連合会からも抗議がくる。

「私たちをさしおいて、前田優子とはどういうことなのでしょうか?」

これに対し、カープ球団はノーコメントを貫いた。

翌年3月のＤｅＮＡとの開幕戦。

一軍メンバーのなかに前田優子の名前があった。カープファンは、一種のギャグとして、この事実を受け入れた。

この試合。8回まで丸佳紀の2ランなどでカープが3対2でリードしていた。9回に抑えの切り札・中﨑翔平がマウンドに上がった。

しかし開幕戦というプレッシャーがあったのか、彼は2死をとったものの、その後、四球を連発して2死満塁のピンチを迎えた。ＤｅＮＡの打者は4番・筒香美智。

緒方孝次監督がゆっくりとベンチから出てくる。その口元を見ていた近くのファンがざわめいた。一瞬の静寂のあと、場内アナウンスが流れる。

「ピッチャー、マエダ！」

あの背番号「49」がゆっくりとマウンドに向かった。前田優子のプロ初登板である。

これはプロ野球の公式戦である。前年の始球式とは違い、真剣勝負の場である。もちろん彼女はミニスカートではなく、他の選手と同じユニフォームで登場してきた。遠目に見ると、男性なのか女性なのか区別はつかない。

テレビ画面の前では、視聴者が口を開けてこのシーンを見つめていた。これからいったい何がはじまるのだろうか。

彼女は、投球練習を促した会沢の要求を拒んだ。打者に球筋を読まれたくない。そのためには、いきなり投げた方がよい。

もちろん捕手とのサイン交換などはない。ただ捕手のミットをめがけてボールを投げ込むだけである。

このシーズン。３冠王を狙う筒香が、うすら笑いを浮かべて打席に入った。

「カープはオレをバカにしているのか」

そういう態にも見えた。

前田優子は、満塁のため、セットポジションからではなく、大きく振りかぶった。場内が、彼女の動きの一つひとつを見逃すまいと、身を乗り出した。

その1球目が、ど真ん中付近に入ってきた。

「よし！」

快打を確信した筒香のフルスイングが、いつもよりもいっそう鋭く見えた。

しかし前田優子の投げたボールは、彼のバットの下3センチ辺りをまるでスローモーションのように通過していった。

TV解説をしていた山本浩次が言った。

「筒香はよくボールを見ないと…。それに力が入りすぎています」

2球目。そして3球目。まるでビデオを見ているようだった。

なんと3球三振だった。カープは、9回の大ピンチをくぐりぬけ、3対2で開幕戦に勝利した。

☆

前田優子のスローボールに3球三振した筒香は、さっそくテレビのワイドショーの恰好の餌食になった。

ひょっとしたら彼は、ＡＫＢ時代の前田優子の大ファンだったのではないか。だから緊張のあまり、手も足も出なかった…。各メディアが面白おかしく独自の論調を繰り広げた。

茶の間の人気番組「ミヤネーヤ」では、15分間の特集が組まれ、あのときの3球が徹底的に分析された。

ゲストで登場したプロ野球解説者の桑田摩澄はこう言った。

「見る方向によっては、魔球のようにも見えます。ただもう少し球数を見てからでないと、正確な解説はできません」

ＶＴＲで何回見ても、ただのスローボールのように見える。最後には、どうしても筒香のふがいなさに行き着いた。

しかし、この世間の雰囲気も、前田優子の次の登板までの話だった。

カープ球団は、中﨑翔平という若い投手をクローザーに起用している。たいていの場合、彼の投球で勝ち試合は締めくくられる。

しかし彼も人の子。ときどき打たれることがある。そして一打逆転、絶体絶命のピンチを迎えるときもある。

前田優子は、そんなときに判で押したように登板するようになった。


4月2日。甲子園での阪神戦。開幕戦と同じような状況になった。9回2死満塁。打者は4番・ゴモス。

今度は、前回と違い外国人打者である。AKB49の何たるかも、そして前田……の名前だって通用しない。

しかし目の前に展開する光景だけは、前回と変わらなかった。あの強打者・ゴモスが、前田優子のスローボールに3球三振を食らったのである。

新聞の片隅に、筒香のコメントが載った。

「ゴモスだって打てないわけですから…」

前田優子は、こうして週2回くらい登板した。その結果、３・４月だけでセ・リーグ全球団から7セーブを挙げた。

そして4勝（０敗）を挙げていた巨人の菅野友之を抑え、セ・リーグ投手部門の月間ＭＶＰに輝いた。

その7回の登板で投げた球数は、わずかに30球。そのほとんどが、ど真ん中付近に入ってくるストライクだった。

その頃、スクープで名を売る某週刊誌は、「午後9時の女」というニックネームをつけて、その魔球の真相に迫ろうとした。

あの真面目なＮＨＫまでが、こういう言い回しになった。

「さあ、今夜の〝午後9時の女〟はどうだったのでしょうか」

その頃、このニュースは全米にも広がった。大リーグの各チームから有能なスカウトたちが日本にやってきた。

「マエダという投手は、ドジャースのマエダ（ケンタ）の妹なのか？」

彼らの調査は、大体この程度のものだった。しかしただ一つ。彼らのプロフェッショナルな見方がその後、大きな流れを作っていく。

「あの球はナックルボールなのではないか」

ナックルボールというのは、手の平とボールの間に空間を作り、ボールに複数の指を立てるようにして投げることにより生まれる球種である。

スピードは遅いが、打者の手元で、投げた本人でも予測できないような曲り方をするのが特徴である。

米大リーグには、これを専門に投げるナックルボーラーと呼ばれる投手がいる。カープでは、２００８年に来日したフェルナンデスというナックルボーラーがいた。

しかし彼の場合、日本の打者（セ・リーグ）に通用したのは5月までだった。

夏場以降はメッタ打ちを食らい、1年でカープを去った。

「あの球はナックルボールに違いない」

その後、各球団のスコアラーたちは、ナックルボールの攻略法を研究するようになった。

☆

それにしても不思議に思われたのは、AKB49のセンターで唄って、踊っていた前田優子がなぜナックルボールを投げるようになったのかという点についてである。

もちろん彼女がその種の指導を受けたという話は聞いたことがない。ある週刊誌がこの点をまことしやかに報じた。

「彼女はAKB49のセンターにいたため、いつのまにか右と左のバランスが並外れてよくなった。右へ左へと腰の回転を繰り返すことによって、ナックルボールが投げられるようになったのではないか」

さらに真っ当なスポーツ誌が報じる。

「ヤンキースのリベラという投手は、すべてがカットボール系の球だった。それでも打者は打てなかった。これは、同じ球種を続けることによる同一性球種への恐怖心理を活用したものではないか」

こうして訳の分からない新語『同一性球種』が生まれた。

5月、そして6月。前田優子の快投は、全く衰えなかった。しかし困った問題も起きはじめた。

9回に中﨑翔平が試合を締めくくろうと思っても、一部のファンがこれを許さなくなったのである。さらに中﨑翔平が三振を取ると、場内からブーイングが起きた。

「おーい中﨑、空気を読めよ！」

しかしそこはさすが、百戦練磨の中﨑翔平だった。簡単に2アウトを取ったあと、彼はわざとではないかと思われる四球を連発し、前田優子の救援を仰いだ…というウワサまで出た。

一説ではあるが、彼もまた前田優子のファンだったらしい。試合終了後に彼女と親しくハイタッチするのを楽しみにしていたという。

ただ断っておかなければならない。チーム内でどんなに喜びを表現したとしても、ボディタッチだけは禁止されていた。

カープには、いやどこの球団にも、どさくさに紛れ、良からぬ行動をとる選手がいるからである。もちろん誰とは言わないが…。

カープ球団では、内野手がマウンド付近に集まるとき、選手やコーチが投手のお尻をポンと叩くのを禁止することにしていた。この場合は、即、セクハラ行為として訴えることができる。

ともかくカープの連戦・連勝は、社会現象になった。

そして7月のオールスター戦。全セの抑え投手部門で、前田優子がファン投票の99%を獲得して選出された。そのときのインタビューである。

「ファン投票で選ばれたのは、ＡＫＢグループの総選挙以来のことです。全力で唄い…、いや投げたいと思っています」

そのオールスター戦では、パ・リーグで１６０キロ台のストレートを連発していた大谷翔一との投げ合いが期待されていた。

しかし大谷翔一は先発で、前田優子は抑えである。基本的に、両者が相まみえるようなことはない。

ただミーハーが多い大谷ファンには、あまり見られたくないシーンがあった。ベンチの奥で大谷翔一がこっそりと前田優子からサインをもらっているシーンが、テレビ画面で映し出された。

全セで2試合とも登板した前田優子は、カープのときと同じように淡々と役目をこなした。そしてオールスター戦のＭＶＰに選ばれた。

そのMVPの副賞は、オールスター戦のメインスポンサーである自動車会社の赤いロードスターだった。

そのクルマは彼女の容姿に大変良く似合っていた。しかし彼女はそのクルマを老人クラブ「白髪の会」に寄贈してしまった。

こうして前田優子は、若い人たちだけではなく、AKB49を知らなかった年配の人たちにもファン層を広げていった。

その夏は、日本中がホットプレートの上みたいな熱さ、いや暑さに見舞われた。広島での最高気温は38度に達した。

こうして2015年の黒田博樹の大リーグからの復帰以来の大フィーバーが、広島の街を包み込んでいった。

☆

ご存知のカープファンも多いと思う。主にカープの2、3軍選手が練習する大野屋内練習場は、神の島と崇められる宮島の対岸に位置している。そこからよく見えるのが、有名な「寝観音」の姿である。

確かに、宮島全体を遠くから眺めてみると、観音さまが横になっているように見える。昔から人々は、それを神さまの寝姿として崇拝した。

その頃、前田優子が、試合のない日に大野屋内練習場に出入りする姿が度々目撃されていた。

「彼女は、いったい何を練習しているのか」

フライデーのようなスポーツ誌が、その実体を探ろうと試みた、しかし確かな内容はほとんど明らかにされなかった。

ただ一度だけ、対岸の「寝観音」と対話しているような姿が、週刊文秋にスッパ抜かれたことはあった。

彼女はそこで、シャドーピッチングのような動作を繰り返していた。

そのとき文秋に掲載された彼女と寝観音のやりとりは、次のようなものだった。

前田優子が、神妙な顔でこうつぶやいた。

「観音さま、どうしたら良いナックルボールが投げられるのでしょうか。それを考えると、夜も眠れなくて…」

これを耳にした観音さまの口元が、少しだけ動いたという。

「まず心のなかにかすかなスキマを作りなさい。その小さなスキマに私たち神さまが入り込めるのだから」

「スキマ？　それって、どういうことですか？」

「前田さんと言ったっけ？　ちょっと難しい話だけど、人間というのは１人では戦えないの。だから心のなかに私たち神さまを迎え入れて…」

「やっぱり私には難しい話だわ」

「そうね。じゃあ一言で言うわ。とにかく肩の力を抜いて無心に投げなさい。

そうすれば、私がなんとかするから…」

たったそれだけのやりとりだったという。

ここまでカープの成績は、55勝19敗。セ・リーグのダントツ首位で前半戦を折り返した。2位の巨人とは10ゲームの差があった。

もちろん各チームとも必死で前田対策を考案し、実践に移した。しかし尽く失敗に終わっていた。

「キミたちは本当にプロなのか?」

ついに日本プロ野球界の重鎮・野村勝也が動いた。彼は、かつてヤクルトを日本一に導いた名将である。どうやらヤクルト球団は、彼に助言を求めたようである。

「前田優子を攻略するためには、頭と足を使え。ランナーに出た選手は、彼女のケツばかり眺めていないで、必ず走ること。これで彼女のリズムは必ず乱れる」

彼女のケツ…というような品のない話は別にして、野村理論には一理あった。

しかし問題もあった。

そもそもランナーというのは、前の塁が空いていなければ走れない。彼女が登板するときは、たいてい塁が埋まっている。つまり走るところがないのである。

前田優子は、常に一塁と二塁のランナーを無視していた。つまり一塁から二塁、二塁から三塁へ走るランナーは全くノーケアだったのである。

しかし三塁ランナーだけはチラリと見た。それだけでランナーは釘付けになった。あとはバッターと勝負するだけである。

日本には「ヘビに睨まれたカエル」という言い方がある。プロ野球界では「前田に睨まれた三塁ランナー」だったのである。

それにマウンド上でのキリッとした立ち姿。少し胸を反らせるようなセットポジション。流れるような投球フォーム。それらがみな、人々の視線を引きつけた。なんという不思議なオーラだっただろうか。

このオーラに惑わされまいとする、貧打の中日打線のバント作戦もあった。これによってバットにボールがかすったことはあった。しかし、それもすべてファウル。フィールドにゴロを転がすことさえできなかったのである。

やはり、これは人間の力を超えた魔球なのかもしれない。しかし一方で、ボールに何か造作が加えられている可能性だってある。

プリンセス天功のような有能なマジシャンに依頼すれば、このくらいの造作なら朝めし前なのかもしれない。

相手チームの抗議によって、審判団が一時、試合を止めて投げるボールをチェックする場面もあった。

しかし何度チェックしても、他球団の投手が投げるボールと全く変わらない。

この頃、人々によってささやかれるようになった言葉がある。

「彼女は、神ってる」

そう、この現象は、神さまのご加護を持ち出さないと、どうしても説明がつかなかったのである。

そして、いつもなら厳しい夏場。カープの快進撃は衰えを見せなかった。

すべての試合で前田優子が登板するわけではないのに、彼女が後ろに控えているだけで、試合がカープに有利に進んだのである。

☆

9月4日の巨人戦（マツダスタジアム）。この試合の前に、カープ優勝へのマジック1が点灯していた。

さらにその試合には、はるばるアメリカから、オババ前大統領が観戦に訪れて人々を驚かせた。

彼は2016年にアメリカ大統領として、はじめて被爆地・広島を訪問して以来、すっかり広島とカープのファンになっていた。

試合開始前。彼は始球式に臨んだ。その日は、特別にアメリカ合衆国の国歌が演奏され、まるで大リーグの開幕戦のようになった。

カープ球団も粋な計らいを見せるものである。オババ前大統領の球を受けるのは、全米でも話題をさらっていた前田優子だった。

長身のオババ前大統領の投球は、力感にあふれていた。メディア報道によると、連日、自宅の裏庭で練習を繰り返していたという。

ここで、その成果が発揮された。そもそも、彼は本番に強い。球速計が130キロを示すストレートが、ノーバウンドで前田優子のミットに収まった。

しかし、どうしたことか。打者の長野久夫はバットを振らなかった。そればかりか、打席のなかで呆然と立ちすくんでいた。

一体どうしたことなのか。それは一流のプロ野球選手として、大変恥ずかしいことではないか。

しかし、その場面がビデオで繰り返されるに至り、多くの人がハッと気が付いた。長野はちゃんとバットを振りに行っている。しかし、その球速に押され、手が出なかっただけのことだった。

その後、オババ前大統領は、ホームベース付近に歩み寄り、長野のところを通り過ぎ、前田優子とハグを交わした。このシーンは、世界中のメディアに配信され、国際平和の象徴として放映された。

このシーンをホワイトハウスで観ていたトランプ大統領が叫んだ。

「オーノー。アメリカ・ファースト！」

この試合は、意地を見せた巨人が0対0で粘った。

しかし8回裏に飛び出した丸佳紀のホームランで、1対0とカープがリードした。

そして9回表。ついにそのシーンがやってきた。巨人の攻撃が2死一塁となり、いつもの筋書きどおり、前田優子がマウンドに上がった。場内は大歓声。いつもの10倍以上（全国ヤジウマ協会調べ）のフラッシュライトが焚かれた。

☆

あと1死。場内は総立ちになった。

いよいよカープ優勝の瞬間が見られる。気の早いファンたちの涙腺が弛み、場外では花火師たちが、ジッと打ち上げの瞬間を待っていた。

そのとき熱狂した老人らしきファンが外野フェンスを越えて、グラウンド内に落ちてきた。慌てて係員が救助に向かう。

さらに砂かぶり席からは、「背番号49」の前田優子のレプリカユニフォームが投げ込まれた。また慌てて係員が…。

なかなか試合が再開できそうにない。ここで、試合の進行に責任をもつ主審がマイクを握った。

「みなさん、落ち着いて下さい。このままでは試合が続行できません。必ずカープが優勝しますので、みなさん、落ち着いて下さい！」

この場内アナウンスに、高橋良伸監督がベンチから飛び出してきた。

「カープが優勝しますって、どういうことですか！」

ようやく不適切な発言に気が付いた主審が、再びマイクを握った。

「みなさん、さきほどついホンネを言ってしまいました。これを訂正します！」

再び、高橋良伸監督がベンチを飛び出してくる。

もはや場内は大混乱になった。この状況に、マウンド上にいた前田優子がゆっくりと動きはじめた。

ほんの1年前まで、彼女はＡＫＢ49のリーダーだった。大観衆を静かにさせるくらい、お手のものである。

彼女は、マウンド付近で「恋するフォーチュンクッキー」の振り付けの真似をして見せた。

この動作を見て、また審判団が動く。

「試合中に選手が踊るのは、野球規則で禁じられているのではないか？」

しかし審判団のなかにも、一定の割合で良識ある人がいる。

「キミは何を言っているのか。この際、野球規則なんかどうでもいいではないか」

案の定、騒ぎは何事もなかったように収まった。

試合再開。打者は、代打で登場した阿部慎太郎だった。

ここは、薄くなりかけていた彼の存在感を取り戻す絶好のチャンスである。

もし一塁ランナーを返せば同点。ホームランを打てば逆転である。

しかし、いつものように前田優子のナックルボールが冴えた。１球目。ランナーが二塁に走ったが、ストライク。２球目。同じようにランナーが三塁に走ったが、打者の阿部は、たちまち２ストライクに追い込まれた。

目の前の状況が、２死三塁に変わったものの、いつものように前田優子に動揺の気配はなかった。

阿部は覚悟を決めた。ひょっとしたら打者の鉄則である、ボールから目を離さないことが災いしているのではないか。ここは三振でもいい。目をつぶってバットを振ってみよう。

その３球目。阿部が目をつぶってフルスイングしたバットにボールが当たった。しかも芯に当たった。目の覚めるような打球が、ぐんぐんと伸びてライト頭上を襲った。

この時点で、ほとんどのカープファンが、その試合での優勝決定を諦めた。

この勢いなら、打球は余裕をもってライトスタンドに届く。

その瞬間。カープファンは、不思議な光景を目の当たりにすることになった。フェンスに背中をくっつけた鈴木誠矢が、天にグラブをかざしてジッと待っている。いったいどういうことなのだろうか。

次の瞬間。ボールはフェンスオーバー直前で失速し、ほぼ真っ直ぐ下に落ちてきた。そして構えていた鈴木のグラブにすっぽりと収まった。

その頃、打者として急成長していた鈴木は、守備や走塁の面でもチームに大きく貢献していた。

彼は、カープではじめて「神ってる」と呼ばれた男である。その元祖としてのプライドは半端なものではなかった。そのプライドが、段々と念力のようなものに変わっていったのではないかと思われる。

それにしても、まさか天から打球が舞い降りてくるとは…。こうなると、やはり人々は神さまの仕業を信じるしか術がなかった。

こうしてカープは、まるで神さまの思し召しのように、思わぬ力を借りながら、久しぶりにセ・リーグ優勝を果たした。

翌日の新聞各紙は、カープ優勝の記事で埋め尽くされた。しかし一方で、読売系の新聞だけは、記事の比重が異なっていた。

カープ優勝の記事は、ほんの少し。その代わりに、次のような大見出しが躍った。

「ついに阿部のバットが魔球を捉える！」

同年9月4日は、そういうクレージー、いやメモリアルな1日になった。

☆

そのシーズンのカープの戦績は、100勝42敗2分け。前田優子は、チームの勝利の56％の試合に登板した。そして0勝0敗56セーブ。もちろん56セーブはプロ野球新記録である。

さらにカープは、クライマックスシリーズで勝ち上がってきたＤｅＮＡを破って日本シリーズに進出した。

そして日本シリーズは、ここまで2連覇を達成していた福岡ソフトバンクホークスとの対戦になった。

戦前の予想では、ソフトバンクが圧倒的に有利だった。

しかし、この日本シリーズでも前田優子のナックルボールが冴えわたった。そのことでチームも盛り上がる。メディアも、１９７９年の「江夏の21球」を文字って「前田の１球」をドラマチックに書きたてた。

一方で、ソフトバンクの４番に座っていた柳田勇気は、戦前の予想に反し不発（16打数2安打）に終わった。

巷では、彼がＡＫＢ49時代の前田優子の大ファンだったことが災いしたのではないかというウワサまで流れた。

こうして世間の予想は大きく外れた。結果は、4勝0敗でカープが日本一に輝いた。

恒例のように、カープファンは美酒に酔い、街中でふるまい酒が提供され、見知らぬ人たちが街中でハイタッチを交わした。

しかし夢というのは、いつかは覚める。いや必ず覚める。この世は、良い話ばかりが続くことはないのである。

11月のこと。契約が更新されるものと思っていた前田優子が、その季限りでカープのユニフォームを脱ぐことが発表された。

なんということだ。カープの優勝は、彼女を抜きにしては語れなかったのに…。ただ広島市民は、ねばり強いことで有名である。

人々は、かつて黒田博樹に他球団への移籍を断念させたときと同じように、懇願旗を作った。

カープでは、大物選手の移籍話が出るたびに、この種の旗が作られる。

「行かないで！　優子さん」

「愛しています！」

なかには、状況がよく飲み込めていないファンの書き込みもあった。

「あなたの右手。握手会を忘れない！」

その旗には1000人を超えるファンの声がビッシリと書き込まれた。

しかしその結末は、ちょうど1年前、彼女がＡＫＢ49を去ったときと同じだった。

「みなさん、カープを嫌いにならないで下さい！」

晩秋の広島。前田優子は、共に戦ってきたファンに別れを告げ、広島を、いや日本球界を惜しまれながら去って行った。

その後、日本中で彼女の動向についてウワサが飛び交った。

お昼のワイドショーでは「前田優子、ＡＫＢ49へ復帰か」「隠れ出産か」などという根拠のないうわさ番組が放映された。

しかし本当のところ、彼女がその後、どこで何をしていたのか、誰も知らなかった。あの、どちらに曲がるのか分らないナックルボールのように…。

その騒ぎから3ヵ月が経過した。

ある日突然、スポーツ紙の一面に、第3次世界大戦がはじまったかのような大見出しが踊った。

「前田優子、ニューヨークヤンキースへ」

契約金は30億円。年俸は10億円。背番号は「49」。

カープ時代とは、年俸の額が2ケタ違う。またアメリカ特有のマネーゲームが、性懲りもなくはじまったようである。

この話を仕掛けたトラ…という男が、再びメディアに向かって叫んだ。

「アイ・ラブ・マエダ！　アメリカ・ファースト！」

しかし、前田優子の心のなかには、カープ時代にはなかった、とてつもなく大きな不安があった。

「アメリカで、あのナックルボールが投げられるかしら？」

実のところ、彼女は、あのナックルボールには、宮島の「寝観音」の魂が乗り移っていたと考えていたからである。

彼女がいつも大野室内練習場から対岸に見える「寝観音」と対話を続けていたのは、そのためである。

知る人ぞ知る。宮島・厳島神社の神は「宗像三女神」と呼ばれている。「寝観音」というのは、その女神たちの創造主（母）である。

あのとき退屈していた女神たちの目に留まったのは、対岸でナックルボールの投げ方を夜な夜な研究していた一人の健気な女性だった。

神は努力する人をよく見ている。もちろん3人の女神たちは、打者を見ながら、右へ左へ、そして上へ下へ、おっと引力の関係でめったに上には行かないが、自由自在に曲げてくれた。

そう、ナックルボールというのは、その曲がり方を、信じている神さまたちが思いのままに決めてくれる球種なのである。

渡米前の前田優子の不安は、的中した。

アメリカ中のどこへ行っても、そのような神さまには出会えない。

あれからついに、前田優子が大リーグで活躍したというニュースにはお目にかかれなかった。

一方で、ペナントと日本一を死守したいカープ球団にも動きがあった。

それは、ポスト・前田優子に関するスポーツ紙の特ダネ記事だった。そこには、カープが来季獲得する予定の投手の名前が載っていた。

「来季のクローザー、オババ（アメリカ）…」

苑田俊彦・スカウト部長の話である。

「長身のオババの指の長さを見て驚いた。少し練習すれば、130キロ台の高速ナックルボールが投げられる」

ここに苑田の著書がある。

その本によると、苑田は、素質のありそうな選手を見つけてきて、ナックルボールを投げさせることを生きがいにしている夢追い人だった。

ナックルボールは、苑田が、子どもの頃に枕下で空想した夢の球だった。もちろん彼自身も、ナックルボールのような人生を送っている。

彼はこう言って笑う。

「そもそもこの世に魔球なんかありませんよ。その球をどっちに曲げるのか、神さまが、いやその人の生い立ちが決めてくれるだけの話です」

カープという球団には、スタジアム内に「お化け屋敷」を創るような人がいる。その遊び心が、よろずの神さまを呼ぶ。

言ってみれば、神さまを信じ、神さまとともに遊び、神さまとともに戦うファンタジックな球団なのである。

あなかしこ、あなかしこ…。

第5話

神になった人間の物語

広島と言えば、瀬戸内海に浮かぶ厳島神社。厳島神社と言えば、願いごとを書いて奉納する杓文字。そして杓文字と言えば、カープの応援。２０１６年は、そのカープのシーズンになった。

マツダスタジアムから直線で22キロ。その世界遺産を擁する宮島の対岸に寂れた小さな神社がある。

そこの神主の子として生を受けた柿田八海（現49歳）は、神の世界へ少なからぬ興味を持つようになった。神社で祝詞を上げるたびに、何かしら神と対話できるような気がしたからである。

小柄な彼が背を丸めて歩く姿は、まるで仙人…、いや神さまのようだった。

彼は広島大学で「宗教学」を学び、次第にある種の境地に至るようになった。そして彼が書いた論文「神との対話」は、広く世に知られるようになった。その功績などにより、彼は同大学の教授にまで昇りつめた。

柿田教授によると、次のようになる。

「そもそも人間と神が対話するのは難しい。なぜなら、発想の起点や思考回路が全く違うからである。それに人間はすぐに感情的になる。そこへいくと神さま同士というのは、比較的コミュニケーションがスムーズに行われる。さらに人間の行動というのは、必ずどこかで神さまが見ており、その情報は基本的に共有されている」

柿田教授は、カープファンが歌う一つのメロディが、絶えて久しい神さまと人間の対話を促すきっかけになったと指摘している。

目を閉じてみよう。いま日本のプロ野球11球団の選手たちが、最も恐れているメロディが頭のなかに浮かんでくる。

「宮島さんの神主が、おみくじ引いて申すには、今日もカープは勝―ち、勝―ち、勝―ち、勝ち、勝ち！」

この詞とメロディは、カープが得点するたびに、大合唱になって歌われる。

カープの連打で得点が続いたりすると、際限なく歌われる。

２０１６年シーズンのカープの総得点は６８４点。つまり、この歌は全国の球場で数百回以上も歌われたことになる。

もちろん「勝ち、勝ち」と歌われるのは、宮島名産の杓文字をたたくときの「カチ、カチ」の音とかけたものである。

このメロディが「これでもか」と相手選手のやる気を萎縮させる。

もうお分かりだと思う。このメロディには、神さまの力が加わっているのだ。

実のところ、プロ野球12球団のなかで、神さまと一緒に戦っているのはカープだけなのである。

その神さまと球団の関係について…。基本的に、人間の方から神さまのとこ

ろ（神社）にお参りに行くというのが習わしになっている。

毎年のこと。プロ野球が開幕する前に、広島では恒例の少々見飽きたシーンがテレビで放映される。

旧広島市民球場の跡地から直線にしてわずか500メートルのところに、1868年に二葉の里（市内東区）で創建され、1956年に広島城内に移設された広島護国神社がある。

そこで必勝祈願する選手一同、球団職員の姿は、もはや年中行事の一つになった。選手の顔さえ見なければ、まるでVTRを観ているようである。

しかしこの光景は、あくまで節穴だらけの人間の側から見たものである。これを神さまの側から見てみると、全く別の景色が浮かび上がってくる。

意外なことに、神さまの視点というのは、人間の常識とは全く異なるのである。

実は、前述した「選手の顔さえ見なければ…」という部分が、これから書く物語のスタートラインになる。

知っておこう。人間とは違って、神さまは、いつもつぶさに1人ずつの顔を見ておられる。そのために拍手を打たせたり、拝礼をさせたり、神前で複数の動作を求めているのである。

その1人ずつの微妙な動きもさることながら、大切なのは顔の表情である。柿田教授によると、神さまの人間観察ポイントは、主として次の3点になる。
(一)願いごとをするために十分な準備をしてきているか
(二)油断や慢心はないか
(三)真剣に祈っているか
たいていの人間は、この3点のどれかが欠けている。なかには、そのすべてが欠けている人もいる。

つまり自分の努力不足は棚に上げ、結果だけを神さまに頼み込もうとする姿勢である。そのことは、表情を見ていると、すぐに神さまに見抜かれてしまうという。

言うまでもないことだが、神頼みにも、それなりの努力と誠意が必要なのである。忌むべきは、他人任せの安易な姿勢で、神頼みに行くことである。

この本を読んでいる人に限っては、決してそのようなことはないと固く信じているが…。

☆

その昔、神さまの間で、伝説になった野球人がいた。

その人は、幼少の頃、熊本県人吉市にある青井阿蘇神社（国宝）にお参りに来ていた野球少年だった。

その少年は、熊本工から甲子園に3回出場。やがて投手として巨人に入団することになる。そして1年目に打者に転向し、19歳で史上最年少の首位打者になった。

その選手の名前は、川上哲治。のちに「打撃の神さま」と呼ばれる大打者である。

その並々ならぬ努力に対し、神さまの方からアプローチがあった。そしてフツーでは考えられないご褒美（能力）が与えられた。

その頃、のちに名言となる実直な言葉が、川上自身の口から発せられたという。

「球が止まって見える」

あのとき多くのプロ野球ファンが、ポカンと口を開けて、その言葉を聞いた。

「川上は頭がおかしくなったのではないか」

これについて、柿田教授は言う。

「あれは頭がおかしくなったのではありません。本当に球が止まって見えたのです。彼はそのことを神さまに伝えたかったのだと思います」

それは神さまが与えた、フツーの人間では到達しえない境地だった。以降、人々は、彼のことを「打撃の神さま」と呼ぶようになった。

人間に「神」の御霊が乗り移り、その称号が与えられることは、俗世間では考えられないことである。

人々から「神」と崇められた川上語録のなかには、意味深なものがたくさんある。

以下に書くのは、その一つである。

「アウトでもセーフでもいい。無心にプレーすることである。だからファンに感動を与えることができるのだ。無心のプレーこそ、プロの最高のプレーだと思う」

これらの言葉によって、彼は、いつのまにか神さまと謳われるようになった。

そこにあったのは、並の人間の領域をはるかに超えた強い意識。そこに至るまでのハードな訓練。そして深遠なる神頼みである。

よく知っておこう。神さまの方だって、人間の姿をジッと見ている。ただぼんやりと野球を楽しんでいるだけではないのである。

プロ野球界には、他にも「神」の称号を手にした選手が、ごく少数いる。かつて日本シリーズで4連投、4連勝を成し遂げた稲尾和久（西鉄ライオンズ）は「神さま、仏さま、稲尾さま」と謳われた。つまり彼は「神さま＋仏さま」を同時に手中にしたのである。

2012年には、その名を引き継ぐ西武ライオンズが、前身の西鉄時代に活躍した稲尾の背番号「24」を永久欠番にしたくらいである。

横浜ベイスターズの佐々木主浩は「ハマの大魔神」と呼ばれた。そして日本のプロ野球界に〝守護神〟という言い回しを定着させた。

彼はその後、米大リーグに移籍し、米英語として「Ｄａｉｍａｊｉｎ」という新しい単語を誕生させた。

柿田教授は言う。

「日本の神さまが海を渡ったのは珍しいケースです。アメリカでは〝自由の女神〟に象徴されるように、男神（大魔神）よりも女神の方が好まれるというのに……」

ともかく日本でもアメリカでも、神の称号を手にした選手は少ない。

考えてみると、彼らはみな野球人としてスーパープレイを見せてくれただけではなく、人間としてスーパーな存在だった。

おそらくどこか潔癖で、人間を超越したような爽やかなイメージが必要だったのではないかと思う。

☆

やがてカープにも「神」と呼ばれる選手が登場する。

その選手は、川上哲治と同じ高校（熊本工）から1990年にドラフト4位でカープに入団した前田智徳である。

火の国・熊本には、いたるところに由緒ありそうな神社が林立している。そのため、人間に対する神さまの目配りが隅々まで行き届いている。また一般論としても〝肥後もっこす〟というのは、粘り強く努力家が多い。

その前田のプレーが神さまの目に留まったのは、入団3年目、1992年9月13日のカープvs巨人の一戦（東京ドーム）だった。

5回表まで1－0でカープがリードしていた。そのウラの2死。川相昌弘のライナーがセンター前田の前を襲った。

まだ守備に定評のあった前田は、これをダイビングキャッチしようとして果敢に飛び込んだ。しかし結果として、彼はこれを後逸し、ランニングホームランにしてしまった。

つまり、あと1人を打ち取れば、勝ち投手の権利が得られる北別府学のプロ通算２０３勝目を、その時点で消してしまったのである。

しかし、まだカープが負けたわけではなかった。１－１のまま迎えた8回表、1死一塁の場面で前田が打席に入った。

前田は、石毛博史が投げた渾身のストレートをバットの芯で捉え、右翼席中段へ決勝ホームランを放った。

しかし、そのときの前田の姿を見て、ファンが驚くことになる。彼は喜ぶどころか、涙をポロポロ流してベースを1周したのである。

その涙の訳は、もう一つ前の彼の打席にあった。北別府が降板する直前の6回表2死二塁のチャンスの場面。彼はセンターフライに倒れた。

その悔しさのために、彼はその後の打席でホームランを打っても、一目もはばからずに涙を流したのである。

試合は３－１でカープが勝った。もちろんその日のヒーローは、決勝ホームランを放った前田だった。

しかし彼は、試合後のヒーローインタビューを拒否し、黙って下を向いたままバスに乗り込んだ。

これをジッと見ていた神さまがいた。

「これは並みの打者ではない」

このシーズンの彼の成績は、全試合に出場し、打率3割8厘、19本塁打、89打点、18盗塁だった。しかも彼は、入団3年目にして早くもセ・リーグのベストナインに選ばれた。

その後の2年間。彼は毎シーズン打率3割を超え、自身の成績を一歩ずつ伸ばしていった。

ただこの程度のことで、神さまが特別な称号を与えることはない。

そう、それは、その後に起きる数々の試練を乗り越える彼の野球への取り組み姿勢が、多くの神々を唸らせることになったからである。

☆

最初の試練は、1995年5月23日のヤクルト戦（神宮）に端を発する。

前田は、一塁ベースを駆け抜けるときに右足アキレス腱を断裂してしまったのである。ひょっとしたら彼の物語は、ここで終わりを迎えるのではないか。多くの人々、いや神々さえそう思った。

「前田は死にました」

彼が発したこの言葉は、日本中の神さまの心を打った。

その後、彼はいったん復帰を果たしたものの、2000年に再び左足アキレス腱の手術をすることになった。つまり、これで両足のアキレス腱を手術したことになる。

長いプロ野球の歴史のなかで、両足のアキレス腱を手術しながら、現役を続けた選手はいない。

しかしどんなことがあっても、彼は不死鳥のように蘇ってきた。2002年には、再び打率3割（8厘）をマークし、20本塁打を放った。そのことによって、彼はセ・リーグからカムバック賞の特別表彰を受けた。

2007年9月1日。彼はついに2000本安打を達成した。

そして2010年に監督に就任した野村謙二郎の要請を受け、同年から「代打」の役割を担うことになった。

その頃からのこと。彼がゆっくりと打席に向かうたびに、場内に万雷の拍手が起きた。

それは、地元のマツダスタジアムに留まらなかった。東京ドーム、ナゴヤドーム、神宮球場…。そしてパ・リーグと戦う他の球場でも同じ現象が起きた。

前田はすでに入団22年を経過し、満身創痍だった。ファンからすると、一打席たりとも、彼の姿を見逃してはならないという気持ちがあった。

その頃から、誰からとなく、ある呼び方が広まっていった。そう、彼は「代打の神さま」を通り越し、「カープの神」と呼ばれるようになっていたのである。

ファンは固唾を呑んで、彼の打席を見守った。全国でも「神さまの打席」を一目見ようとするカープファンが増えていった。

その代表格が、のち（2014年）に、その名が流行語大賞の最終候補にノミネートされる「カープ女子」だったのである。

この状況（カープの神）を一番喜んでくれたのは、もちろん全国の神さまたちだった。

☆

2013年4月23日のことだった。神宮球場で、いつもと変わらぬ雰囲気でカープ対ヤクルト戦が行われていた。

その試合の8回表。前田は、そのシーズンからヤクルトのユニフォームに袖を通していたルーキー投手の荒れ球を左手首にまともに受けた。

そのとき突然、場内の雰囲気が変わった。

「何をするんだ！」

そのときの前田の怒りの表情は、それまで24年間の選手生活のなかで、一度も見せたことのないものだった。

左手首を押さえた前田が、鬼のような形相で、マウンド上の投手に向かって怒鳴った。そして、数歩だけ歩み寄った。

その後、グラウンド内は、両軍の選手がベンチから飛び出し、乱闘の一歩手前までいった。しかし前田はすぐに一塁方向に歩きかけ、途中でうずくまった。

この一瞬のドラマが、悲しい結末を生むことになった。結果として、前田の激しい闘魂は、ここでプツリと切れた。

それは、ある有能な神さまによる一瞬の決断だったのかもしれない。

翌日の新聞に、野村監督のコメントが載った。

「彼が（死球直後に）長い間お世話になりましたと言うから、そんなことは言うなよと声をかけたんだが…」

それまで、前田のそのシーズンの成績は、９打数４安打４打点。打率は４割４分４厘。代打の切り札というよりも、正しく「カープの神」だったのである。

その数日後のスポーツ新聞に、前田に死球を投げたヤクルトのルーキー投手の弁明が掲載された。

「彼は神さまのような大打者。内角を攻めるしか抑えるすべがありませんでした」

若い投手が、最初から死球を狙って投げるようなことはない。ただ心の底で、当たっても仕方ない、と思って投げることはある。あの球は、間違いなくそういう運命を背負った球だった。

俗世における幕引きシーンというのは、何の前ぶれもなくやってくる。その内角シュートが、結果として、24年間の前田の選手生活にピリオドを打つことになった。

こうして「カープの神」は、意外な形でカープのユニフォームを脱いだ。ただ人間の結末については、すべての神さまの思し召しが一致するわけではない。比較的おおまかな神さまもいれば、緻密で思慮深い神さまもいる。

あの柿田教授はこう指摘する。

「前田は本当によくがんばった。ただ、早く体を休ませてあげたいとする神さまの方が多かったのではないか」

いつの時代でも、考え方の異なる神さまたちが、右へ左へとバランスをとりながら綱引きをしている。

特に、人間の引き際における決断については、神さまのサポートを必要とする場合が多い。

☆

2012年12月。

それは、前田が引退する前年のことだった。カープ新入団選手7人のうちの1人が、地元メディアの質問に応えて、こう言った。

「目標は、カープの前田さんです」

そのとき臆することなく「カープの神」の名前を挙げた新人選手とは、同年のドラフト2位でカープに入団した鈴木誠也だった。

彼のために球団が用意した背番号は「51」。これは前田が入団時に付けていた番号である。

しかし、このときのカープの構想は、彼を内野手として育成することだった。つまりポスト梵英心だったのである。

彼は、子どもの頃から野球が大好きだった。

本格的に野球をはじめたのは、父・宗人さんが監督を務める荒川リトル（東京）に入ってからのことである。その父の話である。

「誠也にはショートを守らせていました。あるときノックをした球が外野に抜けてしまったのですが、誠也はその球を外野手よりも早く取りに行きました。あの子には1球に対する執着心のようなものがあります」

この頃から、マニアックな神さまたちが、この少年に目を付けていた。

高校進学のときも、彼の反骨精神ぶりが表れた。のちに語った彼の言葉である。

「あのころは帝京高が強かったんです。しかしボクは、どうしても甲子園常連高に行きたくなかったんです。強い高校を倒して甲子園に行く。そのために二松学舎大付属高を選びました」

その高校では、エースで4番。どちらかというと、150キロ近いストレートを投げる本格派投手として注目を集めていた。同校の野球部監督の市原勝人はこう語る。

「あの頃は、勝つも負けるも誠也次第のチームでした」

結局、彼は甲子園に出場することができなかった。市原（前述）はこう続ける。

「彼はその悔しさを今後に生かせる選手です。私も〝甲子園組には負けるなよ〟と言った記憶があります」

その頃、しっかりと彼に目を付けていたのは、〝先見の明〟のある神さまたちだけではなかった。独自の視点をもつカープ球団もそうだった。

ただカープ球団が評価したのは「速球派のエース」としてではなかった。そのときカープは、高校通算43本塁打をかっ飛ばしていた、強くて柔らかい打力に目を付けたのである。

もちろんまだこの頃、彼が「神ってる」と呼ばれるようになることなど、どこの神さまも想定していなかった。

☆

これも神さまが仕組んだ流れだったのだろうか。

鈴木誠也のルーキーイヤー（2013年）。それは、奇しくも「カープの神」がユニフォームを脱いだ年と重なる。

これを神さま視点から眺めてみよう。前田が持っていた「神さまのバトン」は、本人たちの意識を超え、いつのまにか鈴木誠也の手に渡されていたという流れのように見える。

背番号「51」を背負ったルーキー鈴木誠也は、2軍で、主に遊撃手として93試合に出場した。

当時、まだ選手だった東出輝裕（現・打撃コーチ）はこう語る。

「１人だけスイング音が違っていました。夜間もよく１人でバットを振っていましたし、誰よりも〝負けず嫌い〟の子だと思いました」

同年９月。はじめて１軍に呼ばれた鈴木誠也は、計14回打席に立った。しかし、安打はわずかに１本。プロの厳しさを味わった。

２年目。鈴木誠也は、このシーズンから新井宏昌打撃コーチの助言を得て、外野手に転向した。

彼は１軍と２軍を往復しながら、次第に１軍ベンチに座ることが多くなっていった。そして代打を中心に36試合に出場。64打数22安打（打率３割４分４厘）、１本塁打、７打点を挙げた。

３年目。ついに彼は開幕から「１番・ライト」でスタメン起用された。しかし結果は出せず、３戦目からスタメンを外れた。

ただこのシーズンから、彼は１軍の常連メンバーになっていく。そして松山竜平、天谷宗一郎、野間峻祥らと外野の一角を争うようになった。

このシーズンは97試合に出場し、211打数58安打（打率2割7分5厘）、5本塁打、25打点を挙げた。この成績は、ヤクルトの山田哲人の3年目の成績にも迫る勢いである。

そして4年目。石段を踏みしめるようにして1歩ずつ成長してきた鈴木誠也は、開幕前に、レギュラー取りが確実視されていた。しかし、キャンプ終盤に右太ももを痛めて1軍メンバーから外れてしまった。

このケガは、彼のあまりに早い出世のために、一部の用心深い神さまがブレーキをかけられたのではないかと思われる。

彼がようやく1軍に戻ってきたのは、4月5日。そして、ようやくレギュラー取りを決定づけたのは、6月5日のソフトバンク戦（マツダスタジアム）だった。

彼のバットは〝打ち出の小槌〟になった。そのとき彼は、右へ左へと5打数5安打。ここから彼のミラクルのような打撃が全国のファンの注目を集めるようになった。

あのマニアックな神さまたちが、顔を見合わせてこう言った。

「やっぱりだった。神の見立てに間違いはない！」


おそらく6月17日・18日のオリックスとの2試合は、カープ史のなかで永遠に語り継がれることになるだろう。

いずれも最終回ウラ。4年目でまだ21歳だった鈴木誠也が、2試合連続でサヨナラ本塁打を放った。

そのとき彼は、ヒーローインタビューで繰り返し、こう叫んだ。

「最高でーす！」

この言葉は、神さまの世界では、こう解釈されている。

「神さまの力は、最高でーす！」

さらに翌19日（オリックス戦）。彼は、8回に決勝本塁打を放ち、これで3

試合連続の決勝本塁打になった。

そのとき彼の神がかり的な打撃について、緒方監督がこう語った。

「彼は神ってる」

この言葉に、神さまたちがア然とした。

「監督は、自分（神）たちのことを見透かしているのではないか」

その後も、彼の「神ってる」活躍は続いた。

特に、25年ぶりのリーグ優勝を決めた９月10日の巨人戦（東京ドーム）。

鈴木誠也は、四回に左中間に同点となる25号ホームラン。そして五回には、同じところへ26号の２ランホームランを叩き込んだ。結果的には、これがカープの優勝を決める一打になった。

このシーズンの神さまの…いや鈴木誠也の成績は、１２９試合に出場し４６６打数１５６安打（打率３割３分５厘）、29本塁打、95打点だった。

いやはや立派な成績である。しかしこのときは、シーズンを通し、鬼気迫る表情でタイムリーを放ち続けた新井貴浩がMVPに選ばれた。

ただ全国の神々の間では、チームに勢いをつけた鈴木誠也を真のMPVとして押す声は多かった。

神から神へのバトン。それにしても鈴木誠也の成績は、カープへ入団した直後の前田智徳に酷似している。

いずれも高卒。入団からの3年間は、やや前田の方が勝っている。ところが4年目に至って、その状況が逆転する。

前田の4年目は、131試合に出場。499打数158安打（打率3割1分7厘）、27本塁打、70打点だった。

一方、鈴木の4年目は、打率（3割3分5厘）、本塁打（29）、打点（95）のすべての数字で、「カープの神・前田」を上回った。

前田は言う。

「技術はともかくとして、ボクとはパワーが違います。ボールを遠くへ飛ばす能力には非凡なものを感じています」

つまり鈴木誠也は、この時点で「カープの神」のお墨付きをもらったような形になった。


そのシーズンオフ。そのことを象徴する試合があった。

第4回WBC（ワールドベースボールクラシック）。前年11月に、その強化試合が、東京ドームで開催された。

鈴木誠也は、そのとき初めて日本代表選手に選ばれた。そしてメキシコとオランダを相手に、計4試合を戦った。

彼は、その4試合のすべてに出場した。オランダとの最終戦のことだった。

鈴木誠也のバットが全国の神さまの、いや野球ファンのド肝を抜いた。

９回を終わって、８対８の同点。タイブレーク制で迎えた延長10回。１死満塁の場面で、鈴木誠也が打席に入った。

オランダの抑えはケリー。２ボール２ストライクからの５球目。バットの芯で捉えた鈴木誠也の打球は、ライナーで左中間スタンドに吸い込まれていった。なんと満塁ホームランである。

これが神ってる男の真骨頂である。場内が総立ち。彼は少し誇らしげに、そして少し照れくさそうにベースを一周した。

これで日本代表が12対10でオランダを下した。この試合。鈴木誠也は、５打数３安打６打点。日本チームの得点の半分を一人で叩き出した。

彼はこれから「カープの神」から「日本の神」になるのかもしれない。

☆

ただ世の中は、いや神の世界は、そんなに甘いものではない。

このことについて、あの柿田教授が、NHKの教育番組でこう語った。

「鈴木には、いつか〝神〟と呼ばれる日がくると思います。しかし、やっぱり1年や2年の活躍ではムリでしょう。〝神ってる〟という表現が使われているのは、彼がまだ〝神〟になっていない証拠です」

柿田は、「神になるための条件」として自身の論文でこう箇条書きしている。

これは「神さまの5カ条」とも呼ばれている。

（その1）人間が「神」になるためには、その道一筋で20年以上を要する。

（その2）他の人間と同じことをしていたら不可。常識を超えた訓練と努力が必要である。

（その3）途中で1回でも諦めたら失格。但し、挫折した後の死に物狂いでの復活は認められる。

（その4）多くの人間に心から愛され、支持されていること。

（その5）神さまの存在を強く信じ、いつも祈りを捧げていること。

柿田の論文のせいもあったかもしれない。カープファンの間では、諸説がささやかれるようになった。

それによると、鈴木誠也には、まだ時間が必要である。ただ前田智徳の場合は、本当に神さまが降臨した結果だったのかもしれない。


いつ頃からのことだろうか。宮島の対岸に佇む柿田の神社のご神木から、天の声が聞こえてくるというウワサが流れはじめた。

その声によると、カープには「神」の文字を冠した選手が2人いる。それは「カープの神」と「神ってる男」である。

しかし、神さまが人間に形を変えて現れたのは、前田智徳でもなく、鈴木誠也でもなかった。彼らは、正真正銘の、そう、生身の人間である。

天の声は続く。

実のところ、あの柿田八海こそ、神の世界から「人間と神の関係を研究する」ために派遣されてきた本物の神さまである…らしい。

ただ断っておく。柿田の人間研究は、まだ道半ばであり、彼が神さまであることを証明した人はどこにもいない。

第6話

還ってきた黒田監督

まるで映画の一シーンを観ているようだった。

20年間の選手生活に別れを告げるカープの黒田博樹が、マツダスタジアムのマウンド方向にゆっくりと歩きはじめた。

それは2016年の晩秋のこと。カープ優勝報告会のすべてのセレモニーが終了した直後のことだった。

選手、球団関係者を含む3万人の人々の目が、ただ1人グラウンドに残っていた彼の姿に釘付けになった。

黒田は、投球プレートの4メートル手前で右ひざを地面につけた。そして、ひざまずいたまま、両手で顔面を覆った。

テレビカメラがその横顔を捉える。彼は右手の人差し指の外側で、流れる涙をぬぐっていた。

万感の思い。これまで決してパフォーマンスをしなかった黒田が、長年お世話になったマウンドに向かって、思わぬ形で別れを告げたのである。

この30秒間。スタンドにいたすべての人の目から、涙が流れた。

「ありがとう！　黒田」

彼は、球場をあとにするとき、そのときの心情を、声を詰まらせながら語ったと伝えられる。

「ずっと野球の神さまがいると信じて投げていました。神さまに20年間のお礼が言いたかったので…」

かつて日本のプロ野球界に、これほど信心深く、チームを愛した選手がいただろうか。

実のところ、カープの至宝・黒田にお礼を言われた神さまの方も、この言葉に感動した。なかには、感極まって目頭を熱くする神さまもいた。

言うまでもないことだが、神聖なる神さまが、公然と涙を流すようなことはフツーありえない。

これは、神さまをも唸らせた１人の投手の引退後の物語である。

☆

黒田博樹は、1997年にドラフト2位でカープに入団した。

当初、速球派の投手として期待されたが、入団後の4年間は、特に注目されるような成績は残していない。

しかし2001年に2ケタ勝利（12勝）を挙げてから、カープのエースとしての道を歩みはじめるようになる。

そして2005年に最多勝利（15勝）、2006年に最優秀防御率（1・85）のタイトルを獲得した。

2008年に米大リーグに移籍。ドジャース、ヤンキースでエース級の活躍を見せ、日本中の誰もが知る大投手になった。

そして2014年オフには、米大リーグの複数球団から20億円を超えるオファーを受けた。しかし、彼はカープ復帰という道を選んだ。

「最後の1球はカープで投げたい」

２０１５年からの2年間。彼は、カープの赤いユニフォームを着てマウンドに立った。

その姿は、多くのカープファンの心を震わせ、感動を誘った。

２０１６年10月25日。ついにその刻がやってきた。

日ハム対カープの日本シリーズ第３戦（札幌ドーム）。黒田がプロ20年間の集大成として臨んだマウンドだった。

時刻は20時33分。6回1死から黒田が投じたその試合の85球目は、鋭いフォークボールだった。その球を大谷翔平がフルスイング。ただ打球に力はなく平凡なレフトフライに終わった。

これが結果的に、黒田がプロで投げた〝最後の1球〟になった。その直後、彼は両足に異変を感じて、手を膝について顔をしかめた。

それでも彼は、一度ベンチ裏に下がったものの、再びマウンドへ戻ってきた。場内のカープファンから、何とも表現しにくい悲鳴と拍手が起きた。

黒田が投球練習に入る。その1球目を投げたとき、ほんの2・5メートル後方で見ていた盟友・新井貴浩はこう思った。

「これはムリだ。両足がガタガタ震えている」

それでも黒田は、2球目を試投した。周囲には、異様ともいえる沈黙が広がった。

そのときカープは2対1でリードしていた。この状況下で、彼はまだ自分の責任を全うしようとして、懸命に捕手・石原慶幸のミットをめがけて白球を投げている。

3球目を投げた後、黒田は、やっと自分が限界を過ぎたところに立っていることを悟った。

「ここはカープにとって大事な日本シリーズの舞台。思うような投球ができない自分がチームに迷惑をかけてはいけない」

彼は、自ら降板を申し出た。その光景は、これまでに見たことのないものだった。これがマウンド上で観る彼の最後の姿になった。

彼がマウンドを降りるとき、万雷の拍手を送ったのは、球場の3分の1近くを占めていたカープファンだけではなかった。このときばかりは、このドラマをよく知っている日ハムファンも加わった。

彼はあのとき、いったい誰と、いや何と戦っていたのだろうか。それは、類稀な才能に恵まれた大谷ではなかった。パ・リーグ最強の日ハム打線でもなかった。彼が戦っていたのは、限界を超えた自分の姿だった。

彼は「最後の1球をカープで投げたい」という願いを、ホロ苦くも最高の形で実現した。あの試合。気力を振り絞って投げた最後の3球は、永遠にカープファンの心から消え去ることはない。

しかしどんなドラマにも、やがて終演のときがやってくる。

「さようなら、黒田!」

黒田は球界を去って行った。しかし人々は、そのあともアンコールなきフィナーレの余韻に浸っていた。

ここまでの話なら、日本中のどこの神さままでも知っている。また数知れないカープ本のなかにも書かれている。
ここから書くのは、まだどこの神さまも知らない、いや、ごく一部の神さましか知らない未来の物語である。
あれ以来、黒田のいないカープには、どこかしっくりこないものがあった。まるで気の抜けたビールのように…。

それは「黒田ロス」と呼ばれるようになった。カープファンの間に、何か大切なものを失ったような空白感が生まれた。大切な部品が欠けたエンジンみたいで、どうしてもフルパワーが出せない。

２０１７年シーズン。カープは前年優勝の勢いで、セ・リーグの優勝候補に挙げられていた。しかしシーズンがスタートしても、なかなかエンジンがかからない。

そうなると、いつまで経っても、カープファンの士気は上がらない。うつ状態になった高齢者ファンの病院通いも目立つようになった。

そんななか、カープファンの間で、ある声が囁かれはじめた。それは地面から水が湧き上がるように、段々と大きくなっていく。

あるカープ女子の寄稿文が、地元新聞に掲載された。

「カープというチームには、どうしても精神的な支えが必要だと思います。黒田さんに監督として戻ってもらうのが一番いいのではないかと思います」

この無邪気にしてストレートな投稿がきっかけになって、一つの動きが起きた。

さっそく新藤邦則・私設応援団連盟会長が、カープファンの声を書き込んだ嘆願旗を作った。その書き込みメッセージである。

「黒田さん、カープの監督になって下さい！」

「黒田監督でカープを日本一に！」

「あなたが戻るまでカープは観ません」

1000人を超えるファンが、この嘆願旗にメッセージを書き込んだ。

この旗を抱えて、あの新藤が、わざわざロサンゼルスにある黒田の自宅まで届けに行った。彼は、これまでも勇気ある行動で、たびたびカープのピンチを救っている。

その頃、全国の野球の神さまたちも同じようなことを考えていた。

「このところ日本中で活気がなくなっている。特に広島はひどい。もう一度、黒田を球場に連れ戻し、広島に元気を取り戻したい」
ドイツの詩人シラーの言葉のなかに、次のようなものがある。
「人の助け尽きたるときは、神が助けに来給う」
ついにカープファンの黒田コールは、神の世界にまで伝わることになった。
実のところ、野球の神さまたちも、みんな黒田の〝おとこ気〟が大好きなのである。
早い話、もう1度、赤いユニフォームを着た黒田の姿が見たいのだ。

☆

黒田という男は、この種の直訴に弱い。

カープファンの、そして神たちの祈りの集合体は、かなりのエネルギーになって、黒田の住むアメリカ西海岸まで達した。

神の世界では、いや人間の世界でも、「祈れば通じる」という言葉がある。

カープ不振のニュースを聞いて、黒田の気持ちに、少しずつ変化が表われはじめた。そのときタイミングを計ったように、かつて盟友として一緒にカープをリーグ優勝に導いた新井貴広からケータイが鳴った。

「黒田さん、広島は〝黒田コール〟でいっぱいですよ。ボクもコーチとして手伝いますから、ぜひ還って来て下さい」

これに応えるようにして、球団の松田初オーナーが言った。

「彼が本気になってくれるなら、球団はいつでもドアを開けて待っている」

いつも決断が遅い黒田だが、今回に限っては早かった。

そのシーズンが終了した10月のこと。ロサンゼルスから球団に1本の電話がかかってきた。黒田からだった。

「カープの監督、お引き受けします」

広島市内のデパートの電光掲示板に速報が流れる。

「来季のカープ監督、黒田…」

黒田のカープ復帰は、これで2回目になる。しかし今度は、選手としてではなく、監督として…である。

こうしてカープファンの願いは、彼の元に届いた。そして願いは叶った。

２０１８年シーズンに向け、カープファンの期待は大きく膨らんだ。気の早いカープ女子たちの「前祝いの会」まで開催された。

しかし一方で、専門家の意見は大きく二つに分かれることになった。

大御所と呼ばれるプロ野球解説者たちは、口をそろえてこう言った。

「名選手、必ずしも名監督にあらず。男気だけでは勝てません」

一方で、カープ派と呼ばれる解説者たちは、こう主張する。

「カープというチームは〝黒田〟と聞いただけで強くなる」

結果はどっちでも構わない。ただ、カープが再び面白くなることだけは確かだった。

広島の街には、まだ優勝もしていないのに早々と「おめでとう!」の垂れ幕が下がり、地元テレビでは、連日、黒田特集が放映された。

☆

12月25日。穏やかなクリスマスの日の昼下がりだった。

市内のホテルで黒田の監督就任会見が行われた。報道陣は、あの2014年の復帰会見に比べ、約半分。つまり、あのときほどの騒ぎにはならなかったのである。

その会見の言葉である。

「野球の神さまが〝もう一度〟ということだったので、お引き受けすることにしました。目標は、2016年のリベンジ。日本一になることです」

会見は、淡々と進んだ。しかし途中で、一つだけアッと驚く発言があった。

「日ハムの大谷くんのように、カープでも二刀流の選手を育ててみたいと思っています」

この発言に対し、記者たちの反応は、こうだった。

彼は元々、大阪出身で「お笑い大好き人間」である。つまり突飛なジョークを好む。そのときは、みんなそう捉えた。

会場から失笑に近い反応はあったが、これについて質問するような記者はいなかった。

黒田監督の背番号は「85」。現役時代の「15」に、球団の歴史を刻んだ年数「70」をプラスした番号である。

年が明け、烏合のヤジ馬を含めたファンの漠然とした期待は、段々と高まっていった。しかしその一方で、心あるファンには一縷の不安が…。

黒田が在籍していた2016年シーズンに比べ、大きく変わったことと言えば、鈴木誠矢が4番に座ったこと。4年目のジャンソンが大リーグで投げることになったくらいである。あとはまるで変化がない。

ただこのシーズンから、一軍の打撃コーチに、選手兼任の新井貴広が加わっていた。

春季キャンプには、やはり背番号「85」のところに多くの人が集まった。

「黒田さーん、がんばってー」

この光景は、カープファンにとって、まだ忘れられない親しみのようなものを感じさせた。そう、2年前までのあの黒田フィーバーである。

キャンプがはじまってから、一つだけ気になる動きがあった。

あの鈴木誠矢が、たびたびブルペンに入る姿が見かけられたからである。

黒田監督は、まだあのジョークの演出をしている。

「それにしても、彼のジョークは手が込んでいるなあー」

オープン戦がはじまる前までは、そう思われていた。

鈴木誠矢は、このときすでにそのシーズンのトリプルスリーはもちろん、三冠王さえ狙える位置に付けていた。

☆

3月。オープン戦の最後の試合だった。

マツダスタジアムでの巨人戦。9回2死を取ってから、場内に驚くべきアナウンスが流れた。

「ピッチャー中﨑に代わって、鈴木誠矢。ライトの鈴木に代わって、野間(峻洋)」

なんと4番の鈴木が、マウンドに上がったのである。

「オー・マイ・ゴッド！　黒田監督はいったい何を考えているのか？」

常識あるファンは驚き、ざわついた。さらにメディアは、これをどう伝えていいのか困惑した。全く事前情報のない采配だったからである。記録を辿ると、鈴木は、7年前（高校時代）までチームでエースと4番を務めていた。球速も、軽く150キロ前後が出せる。

しかも彼は、たった数球を投げただけで肩を作ることができた。その日もマウンド上で、わずか5球を試投しただけだった。

その結果である。カープファンの心配をよそに、彼は、巨人の最後の打者・長野義久を空振り三振に仕留めた。

まだオープン戦とはいえ、ド迫力の投球だった。

試合後、黒田監督が記者団に囲まれた。

「あの采配の意図を聞かせて下さい！」

彼は淡々と語った。

「就任会見のときにお話したとおりです。鈴木は二刀流でいきます。このくらいやらないと、カープの日本一は難しいと思っていますので…」

黒田は、続けた。

「鈴木の場合は、大谷とは違います。大谷は打者としての出場を控えて、数日間かけて投げる準備をしなくてはなりません。しかし鈴木の場合は、打者として毎試合出場しながら、いつでも投げられます。つまりホンモノの二刀流です」

翌日のスポーツ各紙。

「カープに真の二刀流、登場！」

これによりプロ野球のペナントレースは、一気に盛り上がることになった。

このニュースが流れてから、せっかちなヤクルトファンが声を上げはじめた。

「なぜ山田（哲）は二刀流でいかないのか？」

それは若くして、日本球界を背負っていくような有能な選手なら、二刀流くらい…という単純にして無責任なロジックだった。

6月。セパ交流戦が終わってから、カープはようやく首位に立った。

しかし2016年の25年ぶりの優勝のときに比べ、他チームを圧倒するような勢いはなかった。1、2点差をなんとか守り抜き、僅差で相手チームをかわす。そういうイメージの勝ち方が多かった。

このシーズンのセットアッパーは今村武。クローザーは中﨑翔一。いずれも積年の疲れのために、万全の状態ではなかった。しかし、ここに投手として鈴木誠矢が加わることによって、チームに良いサイクルが生まれた。

鈴木の場合、外野のポジションからマウンドに上がる。そして役目を終えると再び外野に戻っていく。選手を起用する立場からすると、この上なく便利な投手、いや野手なのである。

考えてみると、このスタイルは特に珍しいことではない。高校野球では、いまでも日常的に行われている。

このシーズンの後半、黒田監督の采配は冴えわたった。

特に、投手起用については、間違いが生じない。彼は、現役時代と同じように、自ら選手と一緒にトレーニングに汗を流した。

彼は口先だけでなく、自ら体を張って選手たちに接したのである。つまり投手の心情を100％理解したうえで采配ができた。これが〝黒田イズム〟として多くのメディアから高く評価された。

一方の打線。このシーズンから打撃コーチを兼任していた新井貴広が、大きな役割を果たすことになった。

代打として自ら打席に立ったときには、球にくらいつく。そして高い確率で結果を出した。

もちろんその年齢（41歳）からして、長打はめっきり少なくなった。しかし相手投手の狙いをしっかり読むこと。そしてなんとかして走者をホームベースに還すこと。そのことについては、益々磨きがかかってきた。

もちろん選手としての出場機会は、かなり少なくなってきた。彼は、主としてベンチのなかで、チームの攻める雰囲気を創り出していた。そして、打席に向かう打者に一言アドバイスを送った。

丸佳彦や松山竜一のヒーローインタビューのときには、たいていこういう発言が飛び出した。

「新井さんのアドバイスのおかげです!」

黒田と新井。かつて選手としてカープをリーグ優勝に導いた両雄が、このシーズンは監督とコーチとしてフル機能することになった。

☆

このシーズン。黒田カープは、シーズン最後まで金本阪神と首位を争った。戦績は79勝62敗3分け。シーズン終盤に2ゲーム差まで猛追してきた阪神をかろうじてかわし、2年ぶりにセ・リーグのペナントを取り戻した。

セ・リーグのCSファーストステージは、阪神（2位）とDeNA（3位）の対戦になった。はっきり言って、阪神というチームは、最後の詰めに弱い。一方のDeNAは、最後の土壇場に強い。

CSファイナルステージは、甲子園球場で阪神を圧倒して勝ち上がってきたDeNAとカープの対戦になった。

この流れに至って、多くのプロ野球ファンが２０１６シーズンのことを思い出した。一方でパ・リーグの方も、ソフトバンクと日ハムの対戦になった。

２０１６年のリベンジなるか。両リーグともおおいに盛り上がった。しかし世には「歴史は繰り返す」という言葉がある。

その結果、日本シリーズに進出したのは、元祖・二刀流の大谷を擁する日ハムと、真の二刀流・鈴木を擁するカープの対戦になった。

メディアの表現を借りるならば、佐々木小次郎（大谷）ｖｓ宮本武蔵（鈴木）の対決である。

甘いマスクなのに凛とした佇まいでファンを魅了する大谷は、佐々木小次郎。そしてスマートな立ち居のなかに逞しい野性味を感じさせる鈴木は、宮本武蔵である。

そのドラマを演出するのは、2年前に日本一の監督になった栗山英機と、投手から監督に変身して戻ってきた黒田ひろ樹だった。


この頃のプロ野球解説者は、みなイキイキとしていた。

なぜなら、本当の意味での予測は不可能なのに、誰もが自分の得意の話を持ち出して、自在に話をすることができたからである。

理論派の古田圧也（テレ朝系）はこう語った。

「選手一人ひとりの思いを汲んで戦うタイプの黒田監督は、かなり苦戦するでしょう。日本シリーズは短期決戦ですから、良い意味で選手を将棋のコマのように使って戦う栗山監督の方が有利だと思います」

一方、人情派の張本功（フリー）はこう語った。

「そういう考え方には〝渇〟です。たとえ短期決戦であっても、選手の心情をうまく掴んでハートで戦っていく方が勝ちますよ。ボクは〝おとこ気〟の黒田の方が有利だと思っています」

さらに地元の安仁屋宗七（中国放送）はこう言った。しかも高々とこぶしを上げて…。

「ここはカープの勝ちです。誰がどう言おうと、カープの勝ちです。フレー、フレー、カープ！」

こうなると、北の岩本努（北海道テレビ）だって黙ってはいない。

「日ハムのどこにも負けるような理由が見当たりません。がんばれ、がんばれ、ファイターズ！」

オー、ノー。こうなると、もはや解説ではない。応援である。しかし考えてみると、プロ野球の解説というのは、その方が面白い。いや、人間である以上、そういうものであってほしい。

もちろんその時点で、冷静な野球の神さまたちが、軽々に予想を述べるようなことはなかった。全国の野球ファンも、どっちつかずの人が急増した。

こういう人たちの魂胆は、大体こうである。もちろん横目でチラチラと成り行きを見ながら…。

「ヤッパ、言ったとおりだろう。大谷の方が…」

こういう予想の仕方を、日本では〝後出しジャンケン方式〟という。主として政治の世界で多用される。

☆

２年前の対戦を振り返ってみよう。

確かに、強力な北海道神宮の神さま軍団に対し、カープを応援する神さまたちの陣容は手薄だった。

そのときカープはペナントレースに力を入れすぎて、日本シリーズまで手が回らなかったのである。

この傾向は、特にカープが…ということではなく、大願を成就した後のチームというのは、たいていそうなるものである。

そこでこのシーズン。ナインの気持ちを引き締めるために一役買って出たのが、広島市（東区）にある広島東照宮だった。

この神社のご祭神は、誰でも知っている徳川家康である。家康と言えば、日本一の武将。東照宮の神主によれば、カープとその武運を共有したいということのようだった。

まず、その拝殿に「日本一」と揮毫された額が奉納された。筆の主は1979、80、84年に3度、カープを日本一に導いた古葉武史である。

これに応え、東照宮の札所では揮毫入りの真っ赤なお守りを用意し、日本シリーズの決戦に備えた。つまり2年前とは打って変わり、万全の体制が敷かれたのである。

これに対し、北海道神宮も負けてはいなかった。神社のある丸山公園一帯に「必勝！　日本ハムファイターズ」と書いたのぼりが1000本以上も立てられた。

全国のメディアも、日本シリーズのムードを盛り上げてくれる。札幌にも広島にも縁のない都市でPRポスターが掲げられた。

「どっちが勝つのか？　佐々木小次郎（大谷）ｖｓ宮本武蔵（鈴木）」

グラブとバットを持った2人が勇ましく対決するシーンが、いやでも全国のファンの興味を盛り上げた。

同じ対戦カードなのだが、その進め方（攻守）が、２年前の日本シリーズとは真逆になった。

先に札幌ドームで２試合。その後、マツダスタジアムで３試合。それでも決着が付かなければ、再び札幌ドームに戻って２試合ということになった。

その第１戦。晩秋のナイター（札幌ドーム）は、全国から駆けつけたファンで超満員になった。

さらに一塁側と三塁側の宙空には、それぞれのチームを応援する神さまたちの応援席まで設けられた。

ただ神さまたちは目に見えないし、入場チケットも要らない。

☆

第１戦の先発を任された大谷は、６回までを２安打無失点に抑えた。

そして日ハム打線が、先発の福井有也を攻めて3点を先制した。その後も小刻みに加点して計5点を奪う。

一方のカープは、大谷が交代した7回に鈴木がソロホームランを放って1点を返した。しかし反撃はここまで。5対1で日ハムが先勝した。

続く第2戦。今度は日ハムの増井弘敏が好投した。一方のカープの野村祐介は、日ハム打線に連打を浴びて、第1戦と同スコア（5対1）で日ハムに連勝を許した。

地元、北海道のファンが歓喜する。

「今年のカープは2年前に比べて、かなり弱い。ヤッパ、黒田が投手でいるのと監督でいるのとでは迫力が全然違う」

北海道では、早くも日本一への祝勝ムードが漂いはじめた。

ただ2連敗で広島に戻ってきたカープナインに落胆の色はなかった。いやそれどころか、みんな自信に満ち溢れた表情をしている。

記者団に黒田監督が囲まれた。

「ここまでは想定どおりです。相手にジャブをたくさん打たせて様子を見る。そんな感じでしょうか」

札幌から広島への移動日。カープナインは、広島空港からある場所へ直行した。それは、二葉山緑地に佇むあの広島東照宮だった。

その境内からは、遠くマツダスタジアムを臨むことができる。カープナインは、その拝殿で頭を垂れ、必勝を祈願した。

この場に及んで、神頼みはないだろう。多くのメディアがそう書き立てた。

「窮地に立ったカープ！」

一部には、互角のはずだった当初予想を覆して、日ハム４連勝を予想するメディアも出てきた。

紀元前。カルタゴの将軍だったハンニバルはこう言った。

「神意に背きては一事もなすに能わず」

言うまでもなく、神に信心を持たなければ、大きな仕事を成就することはできないという意味である。

黒田がこの境地に至ったのは、自身が2年前にカープをリーグ優勝に導いてから引退を決意したときのことだった。

彼はそのとき、マツダスタジアムのプレート前に伏して、見えぬ神にお礼の気持ちを伝えた。このシーンは、広島人の心のなかに、まるで朽ちることのない彫刻プレートのように深く刻み込まれている。

黒田は、札幌から広島に戻ってきたこのタイミングで、勝利への強い気持ちを選手たちと一緒に神に伝えに赴いたのである。

「祈れば、叶う!」

広島市民も、カープ女子もカープ男子もみんな同じ思いを持った。あの「日本一」の文字が書かれたお守りが、飛ぶように売れていった。

こうして広島人にとっての日本シリーズがようやく幕を開けた。

第3戦の先発は、日ハムが広島（広陵高）出身の有原晃平、カープが大瀬良太一と発表された。

☆

再び、思い起こしておこう。

2年前の日本シリーズ第3戦は、黒田の現役最後の登板になった。彼は6回2死まで好投したものの、足を痛め、無念の降板になった。

そのとき試合は、8回までカープが2対1でリードしていた。しかし今度は、反対に8回まで2対1で日ハムがリードしている。

そして有原の完投が目前に迫っていた。もちろんスタンドからは、広島出身の有原に対する声援もかなりあった。

このまま行くと、カープは3連敗。日ハムに日本一への王手をかけられる。しかしカープは全く慌てていなかった。

東照宮の神さまは、昔から冷静沈着な神さまとして有名である。日本人なら誰でも知っている言葉がある。

「(勝利を信じて)鳴くまで待とう、ホトトギス」

案の定。カープは8回ウラに、鈴木の3ランホームランが飛び出した。これまで鳴かなかったホトトギスが、満を持して鳴いたのである。

そしてここまで勢いのあった日ハムの流れをいったん止めた。このシリーズで初めて、4対2でカープがリードした。

9回2死。代打で登場したのは、大谷だった。彼は、中﨑翔一の渾身のストレートをはじき返し、左中間へソロホームランを放った。これで4対3。

しかしカープには、まだ守りの切り札が残っている。あと1死の場面で、カープの二刀流・鈴木がゆっくりとマウンドに向かった。打者は、4番・中田祥である。

ここはさすがに日本を代表する４番、中田だった。

「オレを誰だと思っているんだ」

そんな雰囲気だった。彼は、２球ほどレフトポール際へ大きなファウルを放った。貫禄の一打、いや二打と言ってもよかったかもしれない。

しかし、最後は高々とキャッチャーフライを打ち上げた。カープは、この試合を４対３で勝利した。


この試合を境にして、完全に日本シリーズの流れが変わった。

第４戦は、バースと岡田丈士の投げ合い。息の詰まるような投手戦になったが、ほんのわずかの差（３対１）でカープが逃げ切った。

マツダスタジアムでの最終戦になった第５戦。カープ打線が効率的に得点を重ねた。そして5対1で勝った。

これでカープが3勝2敗とした。同時に、このシリーズの日本一へ王手をかけた。

しかし、ここで戦いの場が再び札幌へ移る。北海道神宮の巻き返しも、十分に予想される。メディアの論調も次のようなものになった。

「これで五分と五分。残り2試合。日ハムが2連勝する確率とカープが一つ勝つ確率は、ほぼ同じでしょう」

カープナインは、地元での3連勝のお礼と、札幌での必勝を祈願し、再び広島東照宮の拝殿の前に立った。

長い日本シリーズの歴史のなかで、これほどまで神さまのパワーがクローズアップされたことはない。

勝負の行く先は、文字どおり「神のみぞ知る」という状況になった。

☆

もう後がなくなった日ハム。

当然のように、満を持した大谷が先発マウンドに上がった。投手としては中6日で休養十分なはずだった。

しかし彼は、毎試合、ベンチに入って代打での出番に備えていた。そして実際に、すべての試合で打席に立った。

つまり心身の疲労は、かなりのレベルに達していたのである。一方のカープは、同じく中6日で福井を先発させた。

この試合。栗山監督が、常識を覆すような采配に出た。通常、DH制では投手は打席に立たない。なぜなら、その打席（DH）には、打つ専門の野手を入れることが多いからである。

しかし栗山監督は、大谷を「3番・ピッチャー」で起用した。そして4番・中田をDHに回した。

これに対し、黒田監督も、思わぬ作戦に出た。「3番・大谷」が打席に入るたびに、ライトの守備から鈴木をマウンドに呼んだのである。その間、ピッチャーは1打席分だけライトを守った。

ここに来て、ようやく佐々木小次郎vs宮本武蔵の対決が、目の前で展開することになった。

黒田監督は言う。

「野球というスポーツは逃げた方が負けです。相手がそうくるなら、こっちはこうする。常に相手に真正面から立ち向かうことです。結果は、神さまが決めてくれることですから…」

この采配に全国の野球ファンが涙を流して喜んだ。大谷対鈴木。この夢の同期対決が、日本シリーズを大いに盛り上げることになった。

投手としての大谷は、それなりの投球を見せてくれるだろう。むしろ面白いのは、打者・大谷に対する鈴木の投球である。そのワクワク感たるや、本当に両者がにらみ合う巌流島のようである。

その1打席目。鈴木が、大谷をファーストフライに打ち取った。しかし2打席目。今度は、大谷が左中間に2塁打を放った。

そして3打席目は、空振り三振。4打席目は、平凡なレフトフライ。8回まで、4打数1安打だった。

試合の方も、一進一退の状況が続いた。カープが1点を取れば、日ハムが1点を取り返す。そういうシーソーゲームで、8回を終わって4対4の同点。

試合は、9回の攻防へ入った。

「大谷で負けるのなら、それも本望」

栗山監督はそう考えていた。すでに120球を投げていた大谷が、そのまま9回のマウンドに向かった。大谷の心のなかに、2年前のあの投手の姿が、まるで映画の名シーンのように残っていたからである。

そう、自分を打ち取ったあとで、両足に異常を感じながら、再びマウンドに戻ってきて投球を続けようとした黒田の姿である。

「腕が飛んでも、カープ打線を抑える」

両チームの気迫が、テレビ画面からひしひしと伝わってきた。

☆

4対4の同点で迎えた9回表。

大谷の球威はかなり落ちた。しかし、ようやく2死を取った。ただランナー3人が残り（満塁）、日ハムのピンチは続いていた。

打席に4番・鈴木が向かう。鈴木はこの試合、まだ無安打だった。ライトのポジションとマウンドを行き来しながら、打席にも立つ。当然のことながら、鈴木にも疲れの色が見えていた。

鈴木は、大谷の変化球によくついていった。そして3ボール2ストライク。

次の投球でランナー３人が自動的にスタートを切る。

球威が落ちてきたとはいえ、大谷はその日一番のストレート（156キロ）を鈴木の胸元めがけて投げ込んだ。この球に鈴木がバットを合わせる。タイミングはドンピシャリだった。

わずか1秒の後。そこまで大谷に声援を送っていた日ハムファンから大きな悲鳴が上がった。そして札幌ドームの空気が一変した。

高く舞い上がった打球が、センターバックスクリーンに向って飛んでいく。思わず、北海道神宮と広島東照宮の神さまたちが身を乗り出した。

ついに9回の土壇場で大きな満塁ホームランが飛び出した。これで一気に8対４でカープがリードした。

このあと大谷は、６番・エルドレッットにも2ランホームランを打たれた。しかし健気にその回を投げきった。

10対４になったのに、スタンドの日ハムファンは、大谷に惜しみない拍手を送った。

9回ウラ。2死になってから3番・大谷に打席が回ってきた。もちろん大谷に代打はない。カープの方も、これまでの4打席と同じように、鈴木をマウンドに送った。

もちろんこの際、大差がついていても手抜きなどは考えられない。ここは球史に残る日本シリーズの舞台だからである。

鈴木は最後の力を振り絞ってストレートを投げ込んだ。その日の大谷の球速（156キロ）には及ばないものの、球速計が150キロを指した。

カウントは、3ボール2ストライク。その後、大谷はファウルで粘る。6球目。7球目。8球目…。大谷が懸命にバットを振る。そして鈴木がストライクゾーンに懸命にストレートを投げ込む。そして9球目。10球目。

スタンドの声援が段々と大きくなっていく。なんという美しい光景だろうか。

2人の野球人が、全身全霊をかけて勝負している。

こうなると、そろそろ北海道神宮の神さまも東照宮の神さまも、適当なところで手打ちをせざるをえない。

「これはどっちが勝ったとは言えない。そろそろ何らかの決着を付けないと……」

鈴木の投げた11球目が、コースど真ん中の高めに入ってきた。一瞬ボールかと思われた。しかし、ここはボールかストライクかの問題ではない。

この球に大谷がバットを振り抜いた。空振り。そして三振。

しかし神々は口を揃えて言った。

「アッパレ！　これほど美しい三振はない」

これで10対4でカープが勝った。そして34年ぶりの日本一が決まった。

その次の瞬間。このときを待っていたカープナインがベンチから飛び出してきた。そして黒田監督の胴上げがはじまった。

それまで広島で合言葉になっていた日本シリーズの〝忘れ物〟。カープは、忘れ物をしたとき主役だった黒田を監督に迎え、それを取り戻しに行ったのである。

☆

その後、連日のようにスポーツ各紙で、このシリーズの分析が行われた。そのなかで「エッ?」と驚くようなものがあった。

このシリーズの戦績を振り返ってみよう。よく見ると、数字が2年前と真逆になっているではないか。

それは、4勝2敗の勝敗だけではなかった。第1戦から第6戦までのスコアが、全く同じ数字だったのである。

この点について、広島東照宮の神さま、いやカープ通の禰宜はこう語った。

「リベンジというのは、本来そういうものではないでしょうか。忘れ物の中身が違っていては、リベンジになりませんので…」

このシーズン。カープの日本一の祝勝パレードは行わないということになった。黒田監督の意向があったからだと伝えられた。

「どのチームもよく頑張った。一チームだけが大騒ぎするのは、どこか間違っているような気がする」

同年暮れ。地元新聞の一面に大見出しが踊った。

「黒田監督、１年限り」

次期監督は、コーチから昇任する新井貴広と発表された。

いまでもカープにピンチが訪れるたびに、広島の街では〝黒田コール〟が起きる。

しかし、世が平穏なのだろう。まだその次はやってきていない。

エピローグ

カラン、カラン……。

玉造温泉の小さな通りにゲタの音が鳴った。辺りには、いつもと変わらないのどかな雰囲気が流れていた。

どこか神社の佇まいにも似た老舗旅館「まがたま」の2階では、隣接する二つの部屋から話し声が聞こえた。

和風の「乙女の間」では、いわゆる女子会が開かれていた。

その会話の内容からすると、どうやらカープ女子2人とタカガール2人の交流会のようだった。

カープ女子は、島谷ひとめ（歌手らしい）、杉原杏林（モデルらしい）である。一方のタカガールは、竹内マリ（俳優らしい）、小柳リリ子（歌手らしい）である。

竹内「あなた方、カープ、カープって騒いでいるけど、これまで25年間も何していたの？　ホークスなんか、2年に1回くらい優勝しているわよ」
杉原「何言っているのよ。25年間も優勝しないから、その分、喜びが増すんでしょ。何回も優勝したんじゃ、面白くもなんともないじゃないの」
小柳「ところで、お宅にいたクロダっていう投手、アメリカで20億円の年俸を断ったらしいけど、数字が大きすぎて計算ができなかったんじゃないの」
杉原「とんでもないわよ。この前なんか、日米通算200勝をきちんと計算していたじゃないの」
竹内「ところで、お宅には〝神ってる人〟がいるみたいね。セイヤとか言うみたいだけど……」
島谷「あら、セイヤを知らないの。彼には神さまがついているから、何をやってもうまくいくのよ。自分でサヨナラホームランを打たなくても、この辺りで1点欲しいなと思ったら、ちゃんと相手がエラーしてくれるの」

小柳「そんなのうちにだっているわよ。ギータ（柳田）と言うんだけど、思い切りがいいし、顔もカワイイし…」
島谷「そうね。ギータもすごいわよね。ただ彼は、広島出身よ。子どもの頃からカープファンだったみたいだけど…」
この種の話には、際限がない。従って、ここで打ち切る。

一方、「乙女の間」の隣にあるのが「神の間」である。いつものように、ここでも4柱の神さまたちが集まって会話をしていた。

神さまたちには、固有名詞がない。従ってここでは「甲の神」「乙の神」「丙の神」「丁の神」と呼ぶことにする。

甲の神「近頃、神さまを信じないプロ野球選手が多くなってきた。本当に嘆かわしいことではないか」

乙の神「プロ野球選手というのは、神さまを信じるか、信じないかによって天と地ほどの差が出てくるように思う」

丙の神「そうそう。神さまを信じている選手は、練習に手を抜かない。なぜかと言うと、いつも神さまが見ていると思っているから。カープにいたクロダという投手は、そのお手本のような選手だった」

丁の神「神さまを信じていない選手は、人が見ているときはよく頑張る。しかし人が見ていないときは、すぐに手を抜いてしまう。巨人や阪神の選手に多いが、テレビカメラが回りはじめると、別人のようによく練習する」

甲の神「その差は大きい。これによって生まれる差は時間が経つほど大きくなり、その選手の価値を決定的にしていくわけだ」

乙の神「ところで昨年、人間界で奇妙な唄が流行ったみたいだ。〝I have a pen〟とか何とか言って…」

丙の神「そうそう。ある球団の選手などは〝I have a bat〟とか〝I have a ball〟などと言ってふざけていた」

丁の神「まあ、人間というのは、その程度のふざけ方がちょうどいいのではないか」

甲の神「ところで日本のフィギュアスケートの選手たちが、3回転半や4回転が跳べなくなっているのが気がかりだ。特に、浅田真…という選手は…」

乙の神「ウーン。あれは、跳ぶ瞬間に神さまとタイミングを合わせることが難しくなってきているからだと思う」

丙の神「まあ、神さまとタイミングを合わせるために、みんな練習している訳だし。そろそろ彼女には別の道を……」

丁の神「ただ人間が、あそこまで努力するのは美しい。知り合いの女神に、その道に詳しいのがいるのでよく相談しておこう」

どうやら話が取りとめもなく進んでいくのは、人間界だけではないようである。

この世には、二つの世界がある。玉造温泉というのは、このいずれにも部屋を提供している。

その夜は「乙女の間」と「神の間」の明かりが、深夜遅くまで消えなかったという。

カラン、カラン…。読者の皆さんは、この情緒豊かなゲタの音を聴いたら、二つの世界に思いを馳せてみよう。

そう、二つの世界は、あの老舗旅館の2階の明かりのように、いつも隣り合わせなのである。

人間というのは、窮すれば乱れる。そんなときは、まず玉造温泉に…。いや神さまと対話してみるのが一番よい。

そう、この世に人間のアプローチを拒んだ神さまなんか、どこにもいないのだから…。

無数の神さまたちは、いつでもどこでも、あなたが来るのを待っている。

あとがき

「祭祀により神々は喜び、その神々もまた、あなた方を喜ばせる。互いに喜ばせ養い合って、あなた方は最高の幸せを得るだろう」。（『バガヴァット・ギーター』第3章より）

この言葉は、アメリカのトランプ大統領にも捧げたい。この世には、長々と語るよりも、的を射た言葉が存在するものである。

人間はみな平等。たとえ国境や壁によって仕切られたとしても、天空の神によってすべてが繋がっている。

筆者は思う。神は、人間が創り出した最高の概念（存在）ではなかろうか。その信仰によって、人々は幸せを得る。

2016年のカープのリーグ優勝は、その象徴だったような気がする。フッーでは起こりえないようなことが、次々と目の前で現実のものになっていった。

筆者はもちろん、カープファンの1人として、全国の神社で「カープ優勝」を本気で祈っていた。幸いにして、どこの神社の神さまも、この願いを素直に受け入れてくれた…ように感じた。

不思議なもので、「カープ優勝」を祈る筆者のとなりで「タイガース優勝」を祈る人がいたとしても全く差し支えなかった。神社というのは、人々の祈りの集合体のようなものだからである。

ただこの際、やはり強く祈る方が勝つ。世の中というのは、そういうものであろう。コトによっては、多数決というのもあるかもしれない。

そういう意味で、神社の神さまたちは「しっかりとした意思を持った知的生命体」と言ってもいいかもしれない。世の中は、こうした神々の目に見えない力によって動いている。

いまでも時々、マツダスタジアムの上空から、ヘリコプターによる空撮が行われる。特に夜間。上空から見るマツダスタジアムの姿は、どこか幻想的で、とてもこの世のものとは思えない。

スタジアム全体が、暗闇のなかにポッカリと浮かんでいるように見えるからである。まるで映画で観るＵＦＯのようである。

思うに、この視点こそ、神さまの視点なのではないか。人間の営みを上空からしっかりと見ている。

この視点のまま、地上に降りてみよう。スタンドを見ると、カープが絶体絶命のピンチを迎えたとき、ファンが両手を合わせて懸命に祈っている。

このとき人間は、限りなく神さまの力を信じている。ここは祈りの集合体。祈れば…。そのときマツダスタジアム＝神社に見えることさえあった。

しつこく神さまの話を続けて恐縮である。

すでにプロ野球の話題が、すっかり少なくなっていた２０１６年12月１日

（日本時間）のことだった。

日本に晴れやかなニュースが飛び込んできた。その日、ユネスコ委員会で日本の18府県33件の祭りで構成する「山・鉾・屋台行事」が世界無形文化遺産に登録されることが決まったのである。

紹介するまでもないことだが、山や鉾、屋台は、神さまのより代と見なされる造形物のことである。祭りの際には、住民や信者たちが引いたり担いだりして街を練り歩く。

われら日本人は神さまを崇め、古いものでは1000年を超える伝統行事として、これらを継承している。その数の多さは、世界で例を見ない。

筆者はいま、日本全国に、旅に出かけるのを生きがいにしている。驚くのは、どんなに人里離れた地域を訪ねても、厳かに佇む神社があることである。それは大小を問わない。有名か無名かも問わない。

最初は、旅の先々で拝殿に手を合わせる筆者の姿を見て、一定の距離を置いていた家内も、最近では、隣でしっかりと手を合わせている。時には、筆者よりも長い間、祈っている。

そのせいなのか。子どもたちの結婚、出産、孫の誕生、入学、卒業…。すべて神さまのお陰だと思っている。

その一方で、これまでの〝どんでん返し〟のような話を書く。

「この世に神さまなどがいるはずがない」

筆者は、この世に神さまはいないとするシンプルにして合理的な考えを全く否定しない。つまり、目に見えないのは当然としても、概念としての神さまも存在しないのではないか、ということである。

実のところ、存在するのは、祈る人間だけ。言ってみれば、祈る人間の心のなかに、神さまが形成されるのである。

そのささやかな証拠を書く。いま多くの神社で、目に見えるご神体を祭っている。それはそれで、大変厳かで、けっこうなことである。

しかしその一方で、ご神体として〝鏡〟を設置している神社も多い。言うまでもなく〝鏡〟は、自分を映し出すものである。一説によると、それは「ご神体はあなた」ということを意味しているらしい。ハードとしての〝鏡〟は、ソフトとしての〝鑑〟と考えてよい。

いまの日本社会では、ほとんどの人がそれぞれ願いを持っている。それを咀嚼して考えると、人間は一人ひとりが、みな心のなかに神さまを内蔵しているのである。そう、神さまは、いつも人々の心のなかでジッと出番を待っているのだ。

神の世界というのは、その一人ひとりの願いが、宙に舞っているような状態だと考えられる。

だから、それを成就するために、願い、祈ることが大切なのである。もちろん現実に、努力して頑張ることも忘れてはいけない。そうすることによって、神さまが自然に降りてくるのである。

人間というのは、肉体の外に神さまが存在するという多少不合理な考え方を認める心の大きさ（器）が大切なのである。

全国にある神社というのは、すべての人に祈りの場を提供し、祈りの機会を与えてくれている。それは神社であってもよいし、寺院であってもよい。もちろん他の宗教の場であってもよい。

読者の皆さんが、どう考えるかは自由である。同時に、無知にして浅識な筆者が、どう考えるのかも自由である。

この本は、プロローグで書いた「神ってる」の話から、予想もしていなかったところへ飛んで行ってしまったような気もする。

しかし最後は、どうしてもカープの話で締めくくらなければならない。

２０１６年シーズンのカープのリーグ優勝は、決してカープファンが神さまを拝み倒したから…というものではなかった。

球団、選手、ファンが一体となり、しっかりと準備をして、訓練し、そして心を一つにして戦ったからである。

言ってみれば、パワーの源は「勝ちたいと強く願う人々の意識の集合体」だった。それがうまく噛み合って「神ってる」という言葉が生まれたのである。

ただ人間というのは、少しでも努力を怠ると、すぐにこれまでと同じ状況を維持することができなくなる。

従って、2017年もまたカープが…と考えるのは、あまりに早計である。世の中というのは、そう簡単にいかないからである。

特に「打つ、走る、投げる」の力が均衡している今のプロ野球界では、その流れを予測するのは難しい。

予測の難しさの一因は、シーズン当初では予想もつかなかったことが、平然と起きるからである。

つまり、いま読者の皆さんが頭のなかで想定しているようなストーリーになる可能性は、限りなくゼロに近いのである。

例えば、の話。カープファンのいったい誰が、2016年シーズンの前に、新井貴浩のMVPを予想したであろうか。野村祐輔の最多勝利（16勝）を予想したであろうか。そして、鈴木誠也の大ブレークを予想したであろうか。

大切なことは、そういう不確実ななかを、たとえやっとの思いであっても、なんとか切り開いて突破していく。そういう予想を超える力ではないだろうか。もっと言えば、日々逞しく成長していく選手一人ひとりの人間力である。

幸い、カープというチームには、野球というスポーツの力と精神力の両方を鍛え上げていく風土がある。

そして何より、カープには熱狂的に応援してくれるファンがついている。真っ赤に染まったマツダスタジアムを見ていると、負けるような気がしない。

この本は、そんなカープファンの楽しみのために書いた。他11球団のファンの皆さんには、大変申し訳ないという気持ちもある。ただ他球団でも、同じような楽しみ方ができるのではないか。

またフィクションとは言いながら、具体的に本人として想定される方々には多少の、いや大いなる失礼があったと思う。この点については、カープファンの遊び心に免じて、平にお許し頂きたい。

これからどんなシーズンが展開したとしても、これを楽しみに変えていきたい。それが、スポーツを愛する神さまの思し召しだと思うからである。

最後に、この本の出版にご尽力頂いたザメディアジョンの田中朋博さん、石川淑直さんには、心より感謝の気持ちをお伝えしたい。


神々とともにカープ優勝を祈りつつ　迫　勝則

著者紹介

迫　勝則（さこ かつのり）

1946年生まれ。広島市出身。2001年マツダ退社。その後、広島国際学院大学・現代社会学部長（教授）に就任し、2013年に退官。現在は作家、TVコメンテーター。広島東洋カープの選手やファンを題材にした「前田の美学」「黒田博樹1球の重み」「カープ狂の美学」「主砲論」など著書多数。

神々のカープ物語

2017年4月7日　初版発行

著　者　迫　勝則
発行人　田中朋博

発行　株式会社ザメディアジョンプレス
〒733-0011　広島市西区横川町2-5-15
TEL 082-503-5051　　FAX 082-503-5052

発売　株式会社ザメディアジョン
〒733-0011　広島市西区横川町2-5-15
TEL 082-503-5035　　FAX 082-503-5036

編集　石川淑直
イラスト　ガリバー岡崎
装丁　村田洋子
校正・校閲　大田光悦

印刷・製本　株式会社 シナノパブリッシングプレス

Printed in Japan　ISBN978-4-86250-489-0